「最後に
したいことがあるの」
三角の距離は限りないゼロ
Bizarre Love Triangle
6
岬鷺宮
Misaki Saginomiya
stration◇Hiten
n◇Toru Suzuki

「でも――その不安こそが」

「――わたし個人にとっても、実りの多い一年でした」

「二年四組がバラバラになっちゃう前に、最後にしたいことがあるの」

「これですか～？　ふふ、かわいいでしょ～？」

「――挨拶俺代わろうかー!?」

「……かわいくありたいなあ」

「だから――今日が最後かも」

「……なんで、ーだ？」

「えい！」

「え？　ただれた関係」

「こうやって、話してくれるの……わたし、ずっと待ってた！」

「でも――その不安こそが」

「恋は戦争だよ！　総力戦だよ！」

「あれ……髪切った？」

「間接キスゲットです！」

「――どっちも、違う気がする」

「最初に百瀬に告白されたのが、ここでさ……」

「もうあの子たちと会って、一年も経つんだもんね……」

「……もう無理だあああ！」

「――もう、予測ができないって」

「ちょっとちょっとー、朝から公開でいちゃつかないでよー」

三角の距離は限りないゼロ 6

Bizarre Love Triangle

岬 鷺宮

Misaki Saginomiya

illustration◊Hiten

design◊Toru Suzuki

プロローグ
Prologue

【かわいくありたい】

Bizarre Love Triangle

三角の距離は限りないゼロ

――彼女の頬に、笑みが浮かんでいた。

二月終盤の帰り道で、辺りは暗くて寒さは厳しくて。

だからマフラーに埋めた秋玻《あきは》の顔、その表情は――なんだか淡く光を放っているように見える。


『――やっぱり、選んでください』

『――わたしと春珂《はるか》、どっちを好きなのか。気持ちを確かめてほしいです』

『――ごめんね……何度も勝手なこと言って。けど、そうしてほしいと、二人で決めたの』


そんな風に言われた日の、帰りのことだった。

ずいぶんと遠回りをしたけれど。僕と秋玻《あきは》／春珂《はるか》は、ようやくたどり着いた。

これまで、どこかあやふやだった僕らの恋。その結末を決めるべきときに――。

だから――、

「……ん？　どうしたの？」

秋玻《あきは》がこちらを見て、頬に手を当てる。

「何か、わたしの顔についてる……？」

「ああいや。そうじゃなくてさ……ちょっと、意外で」

「意外？　何が？」

「なんとなく……秋玻《あきは》が、機嫌良さそうに見えるのが」

恋の結末を決める――。

それは僕らにとって、あまりに大きな意味を持つことになる。

二重人格である秋玻《あきは》／春珂《はるか》。僕がどちらに恋をしているのか。それを確かめることはきっと僕らにとって切実で。テストの点だとか進路だとか、世界の行方以上に重要なことで――。

その結果、何が起きるかわからない。

だから、真面目な秋玻《あきは》はきっと気負ってしまう。

抱えていること、するべきことの重みに思い詰めてしまう。

そんな気がしていたのだ。

当人である秋玻《あきは》も、

「……確かに、そうかも」

なんだか、自分でも意外そうな顔をしていた。

「でも……うん、矢野《やの》くんの言う通りかも」

そして――彼女はこちらを向くと。

もう一度、燐光《りんこう》を放つようにほほえんで――、

「わたし、ちょっと楽しい……」


「楽しい、か……」

思わず、その言葉にこっちも笑みを浮かべてしまった。

秋玻《あきは》のこんな表情を見るのは、久しぶりかもしれない。

「……あ！　あのね！　本当は、そんな風に感じるのもどうかと思うの！」

慌てた様子で、秋玻《あきは》は言葉を続ける。

「流れによっては、春珂《はるか》をすごく傷つけるかもしれないし、わたしが傷つくかもしれない……。何より、矢野《やの》くんにも負担がかかるよね。大事なことを決めてもらうわけで。だから、それを楽しいって言うのは、ちょっと無責任かも……」

唇を嚙《か》み、視線を落とす秋玻《あきは》。

これまで何度も見てきた彼女らしい生真面目な表情。

けれど――今回は、それも長続きしない。

「でも……やっぱりうれしいんだ。色んなことを気にせず、わたしたちを見てもらえるのが。矢野《やの》くんの本心から選んでもらえるのが。きっとわたし……ううん、わたしと春珂《はるか》は、そうな

ることを、ずっと望んでいたんだと思う」

「……そうだよなあ」

笑う秋玻《あきは》に答えて、僕は深く息を吐き出した。

「ごめんな、選べるようになるまでこんなにかかって……。それから、ありがとう。そんな風に言ってくれて」

「ふふ……謝ることないよ。どういたしまして」

——その返事も。

そんな短い言葉さえも今までになく軽やかで、なんだかこちらまで愉快になる。

と——ふいに秋玻《あきは》は、ちらりと視線を道端にやった。

僕らの歩いている通り、そのわきにある、チェーンの喫茶店。

そのガラスに映った自分の姿に目をやり、秋玻《あきは》は短く髪を触る。

そして——、

「……かわいくありたいなあ」

ぽつりと、そんなことを言った。

「生まれて初めて思うかも。もっとわたし、かわいくありたい……」

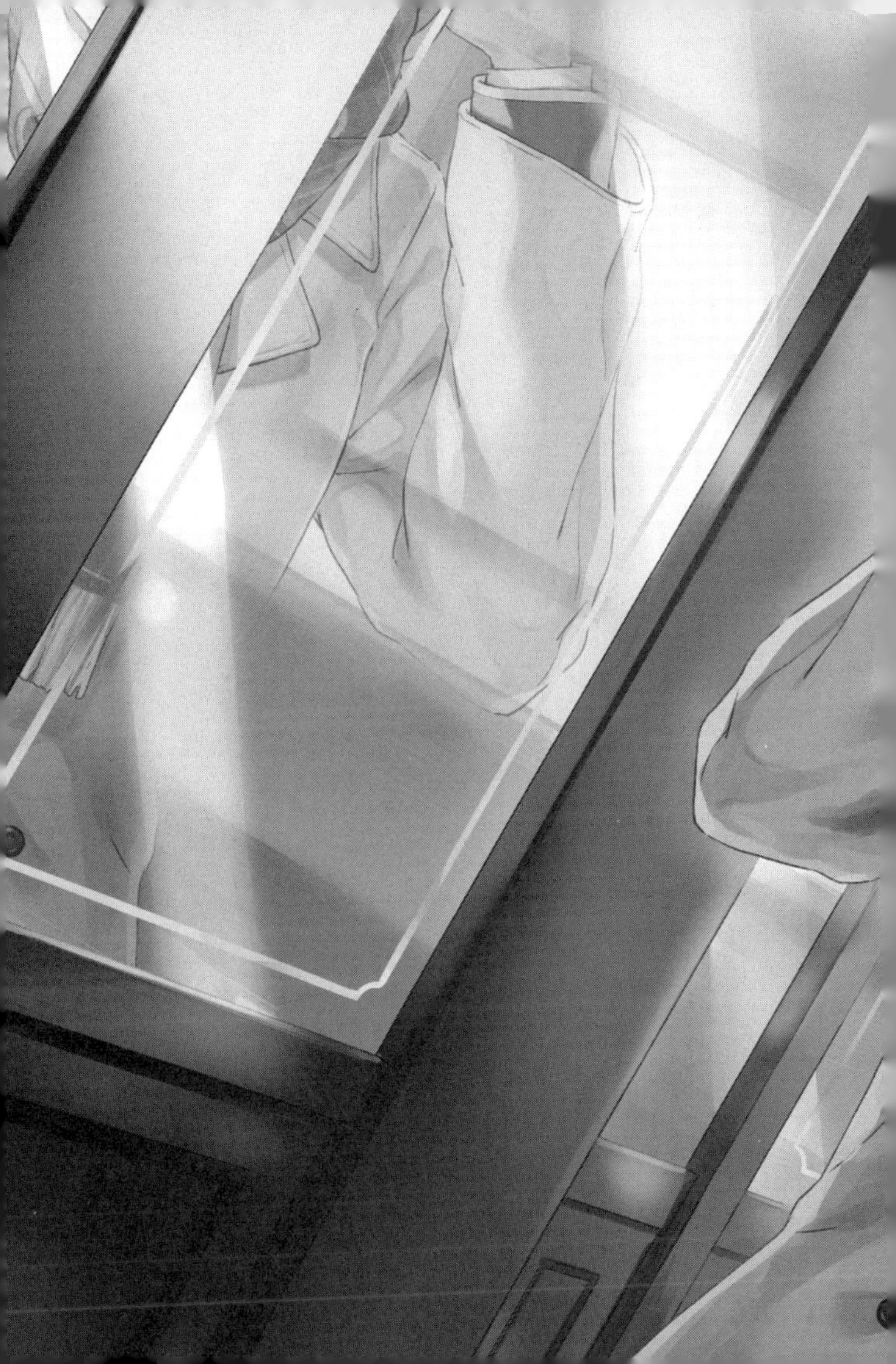

「へえ……」

――意外な言葉だった。

どちらかというと春珂《はるか》が口にしそうな。実直な秋玻《あきは》にはちょっと似つかわしくないセリフ――。

「どうしたんだよ、急にそんな」

「……そうだよね。そう思うよね」

くすぐったそうに笑うと、秋玻《あきは》は一度視線を落とす。

「あのね……きっとこれから、とても大事な時間が始まるよね。人生の中で、もう二度と戻ってこない、かけがえのない時間が……」

「そうなの……かもな」

「だとしたら……」

と、彼女がこちらを向く。

何億光年の深みをたたえたその瞳が、僕を射貫《いぬ》く。

「矢野《やの》くんといる間は……ううん、それだけじゃないな。それ以外の時間も、できるだけ、綺《き》麗《れい》なわたしでありたいと思ったの」

――その気持ちは、なんとなくわかる気がした。

僕も、同じようなことを思うのだ。

秋玻《あきは》、春珂《はるか》と過ごせる時間は、残り少ないのかもしれない。

だとしたら、その間僕は、できるだけ誇れるような自分でありたいと思う。

「……わたし、あんまりそういうのに自信なかったからなあ……」

困ったように、そう続ける秋玻《あきは》。

「これまで気を遣えてもいなかったし……」

「いやいやいや……」

思わず、そんな声を上げてしまった。

「僕からすれば、秋玻《あきは》はずっとかわいかったよ」

——本当に、そう思う。

秋玻《あきは》がかわいくなかったときなんて、ありはしない。

春珂《はるか》だってそうだけれど、二人はいつだって、僕にとってはかわいくあり続けていた。

客観的に、二人が美人なのもそうだけれど、それ以上に——どうしようもないほど、彼女たちは僕にとって魅力的だ。

そして——僕の言葉に、秋玻《あきは》は目を丸くする。

視線をふらふらさまよわせて、口元をもごもごさせてから、

「……すぐ、そういうこと言う」

不満そうな口調で、小さくそうこぼした。

「そういうの、うかつに女の子に言わない方がいいと思うよ……」

「……まあ、そうかもな」

確かに、チャラ男キャラのタレントなんかが言いそうなセリフだ。

安売りはしたくないし、忠告はありがたく受け取ることとしよう。

「気を付けるよ、今後控えるようにする」

「うん、素直でよろしいことです……」

言い合って、僕たちはそろって笑う。

こんな風に和やかな時間は――なんだか、久しぶりな気がした。

と、彼女はそこで立ち止まると、

「……そろそろ、入れ替わりみたい」

ちょっと残念そうに、そう言う。

「じゃあ、また明日ね、矢野《やの》くん。春珂《はるか》にもよろしく」

「うん、じゃあまた」

言い合うと――秋玻《あきは》は小さくうつむいて、春珂《はるか》に入れ替わる。

＊

「──か……かわいくありたい⁉」

帰り道を歩きながら。

さっきまでの出来事を話すと、春珂《はるか》は隣で目を見開いた。

「秋玻《あきは》が……そんなこと言ったの⁉」

「う、うん、ほんとだけど……」

「本当に、その通りのことを言ったの⁉　ちょっと言葉変えたり、盛ったりしてない⁉」

「や……してないと、思うけど。ていうかどうしたんだよ……」

──そこまで驚かれるとは思っていなかった。

いや、僕自身も意外には思ったけど。

秋玻《あきは》も、そんなこと思うんだなってびっくりはしたけれど……そこまで驚愕《きょうがく》するほどのことか？　女子だったら、割とそういうこと普通に思うんじゃないか？

けれど、春珂《はるか》は、

「あの子……なんか、無意識のうちにそういうの、避けてるとこあった気がして」

真面目な顔で、そんなことを言い始める。

「むしろ、わたしから見てると……女の子っぽいのをちょっと避けて、意識的に、なんかこう……おじさんっぽい方向に、自分を持ってこうとしてるように思えてたの」

「あ、ああ……言われてみれば、そうかもな」

——振り返ってみれば、春珂《はるか》の言う通りだ。

例えば、ジャズ好きなところ。古い日本映画が好きなところ。

たまにはいているごついブーツや、本の好みなんかもそうだ。

秋玻《あきは》の趣味は、ざっくりと「おじさんぽい」とまとめることができると思う。

これまで、あまりそのことを気にしたりはしなかった。

そういう趣味の女の子だっているだろうし、それが変わっているだとか、意識的なものだとか、考えたこともなかった。

けれど……言われてみれば、そこには何か、秋玻《あきは》の意思を感じなくもない。

「あの……実際、そういうのが好きっていうのも、本当だと思う。秋玻《あきは》、そこを無理してるようには見えなかったし、誇張したり作ったりしてたわけじゃないと思う」

「それは、そうだな」

「でも……少なくとも、あの子がかわいくありたいって、はっきり言うことなんてなかったから……」

彼女は、視線を落とすと腕を組む。

そして、テストで難しい問題に遭遇したような表情になると、

「これは、ちょっとまずいねえ……」

「何がまずいんだよ」

「え⁉　だって！　このタイミングだよ⁉」

「ど、どのタイミング？」

焦《あせ》りも露《あら》わな春珂《はるか》に、ぽかんとしながら尋ね返した。

さっきから、春珂《はるか》のテンションなんかおかしくないか……？

なんでそんな、「緊急事態！」みたいな……。

けれどそんな僕に、春珂《はるか》はきっと視線を向けると――、

「決まってるでしょ！　矢野《やの》くんが――どっちかを選ぼうってタイミングだよ！」

「……あ、ああ……」

「こんなタイミングで、あの子がそんな風になるなんて……。ここに来て、本気出し始めるなんて……！　……いや、うれしいんだけど。あの子がちょっと自由になれるのは、いいことなんだけど！　でも！　こっちとしては焦《あせ》る！」

「そ、そういうことか……」

確かに、春珂《はるか》からしてみれば「こんなタイミングで！」ってなるのかもしれない。

けどこれ……僕としては、どんな顔すればいいのか困ってしまうな。

不遜にも、選んでほしいなんて言ってもらえた身としては……。

「……よーし、やるぞー！」

そんな僕の気も知らず、春珂《はるか》は一人気合いを入れ始める。

「秋玻《あきは》がそんな感じなら、こっちだって本気出すから！　……まあ、今までも、本気だったけど！」

言いながら――彼女はのしのし歩き出す。

――その後ろ姿を眺めながら。

秋玻《あきは》と同じ姿形の、春珂《はるか》の背中を眺めながら――。

僕は、改めて強く実感する。

胸が苦しくなるような、甘い痛み。

そこに手を伸ばしたくなるような、どうしようもないもどかしさ。

あいかわらず、秋玻《あきは》と春珂《はるか》、どちらに対してなのかはわからない。

けれど、はっきりした感覚がある。実感を覚えている。

僕は――恋をしている。

【ぐるぐる回って終わりに至る】

第二十九章
Chapter29

Bizarre Love Triangle

三角の距離は限りないゼロ

──秋玻《あきは》の変化は、すぐに形にもなって表れた。

「あれ……髪切った？」

選んでほしいと言われた数日後。

いつものように、迎えに行った彼女の自宅マンション前で。

そこに立つ秋玻《あきは》に──僕はそんな声を上げてしまう。

なんだか、印象がちょっと違うのだ。

あきらかに髪型が変わったわけではない。大きく見た目が変わったわけじゃない。

けれど、わずかに顔色が明るく、軽い雰囲気になった気が……。

「わ、矢野《やの》くん、わかるんだ……」

ちょっと驚いた顔をすると、秋玻《あきは》はうれしげに口元に手をやる。

「ほんのちょっと、なんだけどね。なんか、前髪が重い気がして……初めて、自分で切ってみた」

「へえ、いいね」

二人歩き出しながら、もう一度彼女の顔を覗《のぞ》き込む。

「上手《うま》く切れてると思うよ。自分でやったとは思えないな」

「本当？　やった……！　これまでも、毎月美容院で切ってたんだけど、いつも途中から前髪気になってたから……」

確かに、秋玻《あきは》と春珂《はるか》は定期的に近所の美容院に行っているようだった。

僕からすればその周期でも十分問題なかったし、実際「髪伸びすぎじゃ？」なんて感じることもなかった。

けれど……うん。

こうして実際目《ま》の当《あ》たりにすると、本人の細かいこだわりが『威力』を持つことを、はっきりと肌で感じる。

そんな僕の目の前で、秋玻《あきは》はちょっと寄り目になって前髪を見上げ、

「矢野《やの》くんがそう言うなら、これからは、定期的に自分で切るようにしよう……」

その表情は、これまでの秋玻《あきは》にはない色合いを帯びていて――。

どこか明るい、けれど秋玻《あきは》本人らしい柔らかな知性を感じて――。

隣を歩きながら、僕は小さく心臓が跳ねるのを感じる。

そして――その数分後。

秋玻《あきは》と入れ替わりに出てきた春珂《はるか》は。

「……わ、わたしも、作戦は色々考えてるから！」

さっきの秋玻《あきは》とのやりとりについて話すと、敵軍がすぐそこまで迫った将校みたいな表情でそうコメントする。

「秋玻《あきは》に圧《お》されてばっかりじゃないから。すぐに反撃に移るから……！」

「は、反撃って。そんな物騒な……」

も、もうちょっと、穏やかに言ってくれてもいいんじゃないかな……。

別にそんな、お互い攻撃し合うようなことじゃないし。戦うわけじゃないんだから……。

けれど——僕のその言葉に、春珂《はるか》はくわっと目を見開き、

「——物騒に決まってるでしょう!」

「……え、ええ?」

「恋は戦争だよ! 総力戦だよ! 勝つためには、とにかく戦力投下が必要なんだよ!」

「そ、そう、かな……」

「そうなの!」

どんな顔をすればいいかわからず、僕はおずおずとうなずいた。

何だこれ、どうリアクションすればいいんだ……。

自分で招いた状況ながら、本当に困ってしまうな……。

……何か別の話題が欲しい。

そんなことを考えながら、自然に周囲に目をやった僕は、

「……あ、梅……」

道端の住宅から伸びている枝、そこに咲いている桃色の花が目に入った。

サクラにも似た小さな花びら。ここまで漂ってくる色っぽい香り。

あれは……梅だろう。季節を考えても、きっと間違いない。

「もう、そんな時期なんだな……」

僕の中で。なんとなく、梅の花は『春が間近であること』を感じさせてくれる花だった。

ついこの間まで真冬だったのに。景色はしっかり移り変わって、あと少しで春が来る。

そんなことを、僕はその小さくてかわいらしい花を眺めながら実感する。

そして、

「……ああ、本当だね」

隣の春珂《はるか》も、存外感慨深げにその花を見上げた。

彼女はその場に足を止め、目を細めてしばし梅を眺める。

その様子は、さっきまでのテンションが嘘《うそ》だったみたいに穏やかだった。

そして、しばらく二人でその花を眺めていると――、

「……ちょうど、去年越してきた頃」

ぽつりと、春珂《はるか》はがそうこぼす。

「この西荻《にしおぎ》に来た頃、この花が咲いてたなあ……」

「……そっか、それくらいの時期だったのか」

「うん、だからこの花、印象深くて……。前に住んでた北海道の街では、あんまり見かけなかったから、この街といえば梅のイメージなくらいで……」

その頃のことを思い出すように。

噛《か》みしめるようにして、言葉をこぼしていく春珂《はるか》——。

「だから、あれから一年経《た》ったんだね。矢野《やの》くんと出会って、二年四組で毎日を過ごし始めて、もうすぐ一年経《た》つんだ……」

「……そう、だな」

「あっという間だったなあ。あっという間で、色んなことがあったなあ……」

「うん、ほんとだな」

——うなずいて、この一年のことを思い出す。

秋玻《あきは》、春珂《はるか》との出会いから、一緒に過ごした毎日のこと。

周囲の友人たちと、交わした言葉たち——。

そんな記憶を噛《か》みしめながら、僕と春珂《はるか》はその木にほころんだ淡い花びらを、並んで見上げ続けていた。

——けれど。

その時間の流れには、別の感情を覚える人間もいるようで——。

＊

「……高二が……終わ……る……」

日直の仕事がある春珂《はるか》と昇降口で別れ、やってきた二年四組の教室。

朝のホームルーム前の時間。

そう言う須藤《すどう》の声は――老人みたいにかすれていた。

「人生の……ゴールデンタイムが……終わって、いく……」

目から光は消え、髪はわずかに乱れ……。

もはや、肌の色さえワントーン落ちて見える、いたわしい有様《ありさま》の須藤《すどう》……。

――このところ、彼女はずっとこんな調子だった。

以前から、高校二年生という時期が終わることを悲観していた彼女だけど、季節は流れすでに三月上旬。徐々に寒さがやわらぎ始めたことや三年生の卒業式が近づいていることを受けて、一層絶望感を深めたようだった。

けれど、それに対し、

「そっか、もうそんな時期だよな」

「来年のクラス分け、どうなるだろうね……」

「結構みんな、バラバラになっちゃうだろうね。希望コースを考えると」

細野《ほその》、柊《ひいらぎ》さん、修司《しゅうじ》はさほど気遣う様子もなし。

ナチュラルに来年度の話を始める。

「わたしと矢野《やの》くん、秋玻《あきは》ちゃん春珂《はるか》ちゃんが文系特進で……」

「俺と須藤《すどう》が文系進学コース。で、修司《しゅうじ》が理系特進だもんな」

「俺、須藤《すどう》と別のクラスになるの、初めてかも。でもそれはそれで新鮮で――」

「――ちょちょちょ！　待ってよみんな！」

和やかな談笑に、須藤《すどう》がすごい勢いで食いついた。

「なんでそんな、普通に会話続けてるの……⁉　この伊津佳《いつか》ちゃんが、こんなに憔悴《しょうすい》しきってるというのに……！」

心外だ！　みたいな顔で僕らを見回す須藤《すどう》。

けれど――細野《ほその》はそれに、一つため息をつくと、

「いやもう……何回目だよこのやりとり！」

くわっと目を見開いて、須藤《すどう》に言い返した。

「もうさすがに飽きたんだよ！　これだけ何回もやると！」

……まあ、細野《ほその》の言う通りだった。

このところ、須藤《すどう》はひたすらアンニュイ。

ため息をついてはひとりごとのように「高二終わる……」「もうダメだ……」みたいなことをつぶやき続け、周囲に気遣われていた。

けれど――さすがにそろそろ、みんな飽きてきたのだ。

若干可哀想《かわいそう》な気はするけれど、いつまでもそれに付き合うわけにもいかない。

「そもそも、高二が終わるくらいでそんなに変わらないって！　ゴールデンタイムかどうかは、須藤《すどう》次第だろうが！」

そんな風に、言葉を続ける細野《ほその》。

修司《しゅうじ》や柊《ひいらぎ》さんも似たような感想のようで、

「そうそう。クラスが離れても、俺たちこれからも仲良くするだろうしさ」

「うん……楽しい時間は、きっと続くはずだよ！」

なんて、話を終わらせる方向で須藤《すどう》に言葉をかける。

ただ須藤《すどう》は、それでも納得いかない様子で、

「むむむ……修司《しゅうじ》やトッキーまで！」

クッ！　と拳を握ると、今度は僕の方に視線を向け――、

「矢野《やの》！　みんなが冷たい！　でも矢野《やの》だけはわたしの味方をしてくれるでしょう⁉　気持ち、わかってくれるよね⁉」

そんなことを、言い出した。

……まあ、そうなるよな。こっちに助けを求めてくるよな。

この場で黙ってるのも、僕だけだったし。

だから僕も、一度小さく息をつくと。

ちょっと考えてから——素直な感想を、須藤《すどう》に返す。

「……そうだな、僕も須藤《すどう》の言う通りだと思うよ」

——えっ？　と。全員の視線がこっちを向いた。

修司《しゅうじ》が、細野《ほその》が、柊《ひいらぎ》さんがそろって目を丸くして僕を見ている。

そして、なぜか須藤《すどう》まで、

「え……？　マジで？　矢野《やの》もわかる側なの？」

困惑気味に尋ねてきた。

「矢野《やの》も、ゴールデンタイム終わって絶望組なの……？」

「いや、なんで言い出した須藤《すどう》がそのリアクションなんだよ……」

「え、だって……まさか本当に、肯定されるとは思ってなくて」

「ああ、まあそうか……」

確かに——ちょっと前の僕だったら、きっとこんな風に言わなかっただろう。

職場体験で出会った編集者、野々村九十九《ののむらつくも》さんと話す前の余裕のない僕。そして——秋玻《あきは》と春珂《はるか》、どちらも選べない僕だったら。きっと誰よりも須藤《すどう》の言葉に、反対の立場を取っていたと思う。

変に生真面目に「でも、僕らは前に進まなきゃいけない」「過去にすがっちゃダメだ！」なんて考えていただろう。

けれど、

「この時間が戻ってこないのは、確かなことだろ？」

今は、ちょっと考えが違う。

「それが、人生において一番良《い》い時期なのかは、みんなが言う通りわからないけど……すごく大事な時間だし、それが終わるのが残念なのは、なんとなくわかる気がするんだよ」

多分、このメンバーと、こういう気持ちでこうやって話せるのは、今だけなのだ。

同じ状況は二度とやってこないし、時間は戻らない。

そのことを寂しく思う須藤《すどう》の気持ちは、僕にも理解できる。

「だから――」

と、僕は背もたれに背を預けると、

「その分、ちゃんと味わいたいと思ったんだ。楽しいこともうれしいことも、逆にイヤだったこととかも」

「……どうした、矢野《やの》……」

須藤《すどう》は、俺の言葉に怪訝《けげん》そうな顔をしている。

「なんか、エラく……落ち着いちゃって」

……落ち着いた、か。

まあ、そう見えるのかもしれない。

僕がここしばらくでどんな経験をしてきたのか、それを知らなければ、きっとこの変化は意外に思えるものなんだろう。

「まあ……色々あってさ」

小さく笑いながら、僕は須藤《すどう》にそう返す。

「結構、心境的な変化があって。そのせいかも」

「へえ、そうだったんだ……」

その丸い目で、僕を不思議そうに見ている須藤《すどう》。

「なんか、変な感じ。矢野《やの》が落ち着いてるの。でもそっか……そりゃまあ、色々あるよね。色々……」

言って、彼女は笑い返す。

その表情は、なぜだろう。なんだか少しだけ、寂しそうにも見える。

置いていかれた子供のような、友達を遠く見送るような表情――。

それで――僕は、ふと思い至る。

――例えば、野々村《ののむら》さんと話したこと、そこで起きた変化。

――例えば、霧香《きりか》と出会ってから今まで抱えてきた、僕自身の苦悩。

──例えば、秋玻《あきは》、春珂《はるか》、僕の、現在の関係。

そういうことを、僕は須藤《すどう》や修司《しゅうじ》、細野《ほその》や柊《ひいらぎ》さんに──ほとんど話していないんだ。

だって……どうしても抵抗があったのだ。自分が置かれている込み入った状況や、自分の面倒な考えをこのメンバーに明かすのが。

秋玻《あきは》、春珂《はるか》のプライバシーもある。それを僕が勝手に明かすわけにはいかない。

そして、みんなもそんな僕に、特に不躾《ぶしつけ》に踏み込んでくることはなかった。

きっと、僕らが抱えているものの深刻さを、なんとなく感じ取ってくれていたんだろう。

そのこと自体は、ありがたいと思っていた。皆の気遣いには、ずいぶん助けられたと思う。

けれど、

「……まあ、そうだな」

言って、僕は須藤《すどう》に笑い返す。

「ほんと色々あったから、今度話すよ」

「おけおけ、また今度ね」

いつも通りの、逃げ口上。そしてそれを受けてくれる、須藤《すどう》の軽い口調。

それを初めて──心苦しく思っていた。

もっと、話してもよかったのかもしれない。

これまでだって、今このときだって、僕の考えや悩みや置かれている状況を伝えてみてもよかったのかも──。

と、そんなタイミングで──、

「──お、なになに、みんな何話してるの──?」

春珂《はるか》が、教室後方の扉からやってくる。

今日、秋玻《あきは》と春珂《はるか》は日直だ。職員室での用事がようやく終わったところらしい。

そして、ごく自然に僕の隣に座る彼女に、

「聞いてよ春珂《はるか》ー! みんな酷《ひど》いんだよーー!」

須藤《すどう》が抱きつきながら訴える。

「みんなが、わたしを無視するんだよー! このクラスが終わっちゃうこと、寂しがってるだけなのにー……」

「え! 酷《ひど》い! なんで無視なんてするの!」

須藤《すどう》をよしよしと撫《な》でながら、春珂《はるか》はあっさり彼女の訴えを信じた。

糾弾するような視線を向けられて、細野《ほその》が慌てて言い返す。

「いやだって! もうこれで何回目なんだって話だろ⁉ 水瀬《みなせ》さんだって、うんざりしてただろ!」

「確かにまああうんざりしてたけど、さすがにわたし、無視はしないよ!」

「春珂《はるか》もうんざりしてたの⁉」

──須藤《すどう》が大声を上げて、言い合いが加速する。

「みんな酷《ひど》い！　わたし、全員漏れなく親友だと思ってたのに！」

「親しき仲にも礼儀ありだろうが！　親友だったら何してもいいわけじゃないんだよ！」

「相談くらい乗ってくれてもいいでしょー！」

「須藤《すどう》のは、相談っていうかエンドレスで嘆いてるだけだよね……」

「それでもいいじゃん！　飲んだくれて管を巻きたいときだってあるでしょ！」

「居酒屋にいるおっさんかよ！　華の高校二年生じゃなかったのかよ！」

──そんな風に、見慣れたやりとりが繰り返される。

ちょっと雑に、けれど楽しく会話が回り続ける。

ただ、その中で、

「でも……確かにそうだよね」

春珂《はるか》がぽつりと、そんな風にこぼした。

「このクラスが終わっちゃうの、ちょっと寂しいね……」

その表情に──僕はついさっき。梅の花を見上げていた春珂《はるか》の表情を思い出す。

──春珂《はるか》にとって。

それはもしかしたら、みんなよりずっと切実なことなのかもしれない。

二重人格は終わる。

自分がどうなっていくのかわからない。

そんな春珂《はるか》にしてみれば、僕や須藤《すどう》やみんな以上に、この時間はかけがえのないものなのかもしれない――。

そして、春珂《はるか》は考えるような顔になってから、

「……あっ」

ふいに、そんな声を上げた。

「ん？　どうしたの？　春珂《はるか》ちゃん……」

「なんか、忘れ物でもしてきた？」

「違うよ！　そうじゃなくて……」

と、春珂《はるか》はその顔に笑みを浮かべると、

「いいこと思い付いたかも……」

「え！　なになに、何を思い付いたのさ！」

身を乗り出して尋ねる須藤《すどう》に、春珂《はるか》はもう一度悩み顔になり、

「うーん、言ってもいいんだけど、どうせならみんなに相談したいな……うん、そうしよう！」

決心したように、一人うなずいた。

「このあと、朝のHRで話すよ。楽しみにしてて！」

「――ということで、卒業式の練習の件についてはまた追って報告します。もうちょっと待っててね」

＊

朝のＨＲの時間。

千代田《ちよだ》先生の話も、終盤に差し掛かっていた。

三学期の上旬ということもあってか、話題も卒業式に終業式、来年の動きの話などイレギュラーなものが多くて、改めて年度末なのを実感する。

教室中にも、どこか落ち着かない、日常とはちょっと違う匂いがたゆたっているような気がした。

そして、

「以上です。みんなからは、特にないかな？」

動きがあったのは、千代田《ちよだ》先生が僕らを見回した、そのタイミングだった。

「――は、はいっ……！」

教室に彼女の――春珂《はるか》の緊張気味な声が響いた。

「あの、わたしから、いいでしょうか……！」

「あら、どうしたの？」

千代田《ちよだ》先生が、意外そうに首をかしげる。

「水瀬《みなせ》さんからなんて、珍しいわね」

「はい、ちょっと……みんなにお話ししたいことがあって！」

「そう。なら、うん。もちろん構わないよ。こっちにどうぞ」

千代田《ちよだ》先生にうながされて、春珂《はるか》が何やらノートを手に壇上に上がる。

その間にも――クラスは小さなざわめきに包まれ始めていた。

まあ、そりゃみんな驚くだろう。春珂《はるか》がこうやって、人前に立とうとするのなんてほとんど初めてだ。文化祭のときの人形劇の件もあったけれど、あれも人に誘われたのがきっかけだったし。

「わー、緊張する……」

ノートを教卓に置き壇上に立った春珂《はるか》は、頬を桃色に染め変な笑みを浮かべている。

「不思議な感じだね、教室をこっちから見るの……。と、みんなごめんね、時間もらっちゃって。でも、どうしても提案したいことがあって……」

言うと、春珂《はるか》は小さく咳払《せきばら》いし。

深呼吸すると、おずおずと話し始める。

「このクラスになって……この二年四組が始まって、もうすぐで一年が経《た》ちますね……。すごく、あっという間の楽しい一年だったな、と思います……。文化祭とか修学旅行とか、色々あったよね。全部、忘れられない思い出になるんじゃないかな……」

手紙でも読むみたいな堅い語り口調に、うんうん、と何人かのクラスメイトがうなずいた。

確かに僕視点でも、今年は一年生のときより印象的なイベントが多かった。

きっとそれらのことは、大人になったあとも繰り返し思い出すんだろうと思う。

「ちなみに……わたしと秋玻《あきは》が転校してきてからも、もうちょっとで一年になります。個人的にも、とっても印象的な一年でした……。だって二重人格なんて、受け入れられないと思ってたし、本当は、隠そうとも思ってたし。けど……みんなは受け入れてくれた。そのことには、感謝してもしきれないです……。本当にありがとう」

――春珂《はるか》の言う通り。彼女たちが二重人格であることは、いつの間にかクラスの日常になっていた。

春頃、みんなにそれを明かした頃には、もう少し複雑な反応があったのだ。

自然に受け入れる生徒もいれば、嘘《うそ》だろうと疑う生徒もいた。

中二病か何かかと彼女たちを敬遠する生徒もいたし、変に同情して絡《から》んでくる生徒もいた。

噂《うわさ》になって、他の学年や他校から様子を見に来る者さえいた。

……もちろん、今も奇異の目で見られることはある。

僕らの知らないところではいじられたりからかわれたり、ネタにされていることもあるのかもしれない。

けれど、あまりに自然に二人が入れ替わり続けたこともあって、少なくともこのクラスにおいては、二重人格は当たり前の日常だ。

なんとなくみんなも、その仕草や声色で、名乗るまでもなくどちらが表に出ているのかもわかるようにさえなり始めていた。

そんなの、二人にとっては初めてのことだったらしい。

彼女たちはときおり、

「今がこれまでの人生で一番楽しいかも……」

なんてこぼしてもいた。

「──だからね」

と、春珂《はるか》は言葉を続ける。

「二年四組がバラバラになっちゃう前に、最後にしたいことがあるの。……と、まずい、入れ替わりだ……」

そこで、春珂《はるか》は焦《あせ》り顔であはは、と笑う。

「ここからは、秋玻《あきは》に話してもらおうと思います、ちょっと待ってね……」

言って、黒板の方を向く春珂《はるか》。

……え、ちょ、大丈夫か⁉

こんなタイミングで入れ替わって、秋玻《あきは》混乱しないか⁉

そう思う間にも、人格は入れ替わる。

しばらくうつむき、短い間を置いて——秋玻《あきは》が顔を上げる。

そして、改めてこちらを向くと、

「……え⁉ な、何この状況……⁉」

——案の定、想定外の景色に目を白黒させた。

「どうして、わたし壇上に……⁉ もしかして、何かの発表中……⁉」

……そりゃそうなるわ！

フォローを入れようと慌てて口を開いたところで、

「あ、大丈夫よ秋玻《あきは》ちゃん」

傍《そば》で見ていた千代田《ちよだ》先生が、すかさず助け船を出した。

「ちょうど、春珂《はるか》ちゃんがみんなにお話ししてるところだったの。その途中で、入れ替わりが発生して……春珂《はるか》ちゃん、『ここからは秋玻《あきは》が』って言ってたけど、何も聞いていないの？」

「ええ、特には……あ、でも」

と、秋玻《あきは》は教卓の上。春珂《はるか》が置いたノートに視線を落とす。

「ここに、春珂《はるか》からのメッセージが……残されてますね。どれだけ強引なの、あの子……」

……本当だよ。

こんな風に発表中に入れ替わるなら、事前に話くらい通しておいてくれ……。

ただ……秋玻《あきは》はそんな強引さも、決してイヤではなかったらしい。

口元に苦笑を浮かべながら、彼女はページをめくりノートをざっと眺めている。

「……大丈夫？　続きは、また今度入れ替わってからにしようか？」

千代田《ちよだ》先生のそんな気遣いにも、秋玻《あきは》は小さく首を振り、

「いえ……大丈夫だと思います。言いたいことは、あの子、ここに書いてるみたいなので……。

なるほど、そういうことね。仕方ないなあ……」

そして彼女は、視線を上げクラスメイトたちを見ると、

「……ごめんなさい、バタバタしてしまって。ここからはわたしが話しますね」

と、もう一度困ったように笑った。

そして――彼女は、

「どうも、春珂《はるか》は――二年四組の『解散会』、みたいなことをしたいようです」

端的に、そう切り出した。

「このクラスの一年を振り返るような、全員で楽しめるような、ちょっとしたイベントを……。

卒業式にしても終業式にしても、学校全体でのことになるでしょう？　もう少し、小さい規模で、一区切りの会をできないか、ってことみたい」

……なるほど、と思った。

確かに、クラス単位でそういうイベントがあるのは良さそうだ。

だいたいの場合、クラス替えに際して公式のお別れ会みたいなものは開かれない。

あっても仲良しメンバーと食事に行くくらいで、一年間一緒にいたにもかかわらず、クラスというものはぼんやりと解体していく。

けれど、この一年をきちんと記憶に留《とど》めておくためにも。このクラスにしっかりと区切りをつけるためにも、そういうイベントはありなのかも……。

「時期としては、春休み入ってから。四月になる前のどこかがいいと考えてるみたいですね。学校も閉まっている時期ですし、会場としてどこかお店を借り切って」

うん、そういうことになるだろう。

この人数が一堂に会するなら、やっぱりお店は貸し切りに、あるいはパーティ専用のスペースを使わせてもらうことになる。

「それから、やれるようであれば、実行委員はわたしと春珂《はるか》、あとは……矢野《やの》くんをメインに考えていたみたいね」

「……えっ」

ふいに自分の名前が出て、思わず声を上げてしまった。

「ぼ、僕が実行委員……？」

「ええ……文化祭実行委員も一緒にやったし、慣れたメンバーの方がスムーズに準備できるって、あの子は考えたみたい。もちろん、他のクラスメイトにも手伝いはお願いする気みたいだけど……」

「そ、そっか……」

うなずいたものの、ちょっと不思議に思った。

別にそんな、僕を個人で名指しにしなくてもいいんじゃないか？

確かに慣れてるだろうしスムーズにできるだろうけど、もっと須藤《すどう》とか修司《しゅうじ》とか、その辺のメンバーに手伝ってもらってもいいんじゃ……。

……もしかしたら。

もしかしたらこれが、春珂《はるか》の言っていた『作戦』なんだろうか。

僕がどっちが好きなのかを確認する過程で、できるだけ一緒にいようとした、ということなんだろうか……。

「それで……どうかしら？」

ノートを閉じると、秋玻《あきは》はみんなに問いかける。

「春珂《はるか》の意見、みんなはどう思う？　わたしも、なかなかいい考えなんじゃないかって、思うんだけど……」

「――はいはいはい！　いいと思いまーす！」

最初にそんな声を上げたのは――須藤《すどう》だった。

軽快に挙手してツインテールをぴょこぴょこさせながら、さっきまでのアンニュイさが嘘《うそ》だったみたいに勢いよく賛成している。

「わたしもこのままぬるっと終わるなんてやだよ！　準備のお手伝いもするし、わたしも絶対やりたい！」

――その声に、教室中に賛成多数の雰囲気が満ちる。

こそこそと、話し合っている声も聞こえ始める。

「――よくね？　なんか最後に、絡《から》んでおきたい人もいるし」

「――わかる。俺、広尾《ひろお》くんと音楽の話ずっとしたかったんだよな」

「――今年、結構色々あったしねー」

「――来年とか、受験で絶対できないし。やるしかないでしょ」

もともと、どちらかというと仲の良い《い》空気のあったクラスだ。

みんなどこかしらで、このメンツが解散になってしまうことに寂しさを感じていたのかもしれない。

さらに、

「いんじゃね？　面白そうだし」

教室中央辺りから――そんな声が上がる。

その主は――、

「わたしも、やるなら準備手伝うよー」

――このクラスでも、派手系女子の中心に位置する、古暮千景《こぐれちかげ》さんだった。

彼女にとっても、この一年は印象深いものだったんだろう。

前半のうちに修司《しゅうじ》に振られたものの、文化祭で立て直し、修学旅行で吹っ切れ、今は実家の喫茶店を継ぐために大学の商学部に入ろうと、早くも受験勉強を始めているらしい。

彼女の賛同を契機にして、「もうこれは決まりだろ」みたいな雰囲気になる。

別に多数決を取るようなものでもないし、このまま開催としてしまってもいいかもしれない。

ただ、秋玻《あきは》はうれしげにその様子を見回してから――ふと気付いた様子で、

「……沙也《さや》ちゃんと、加奈《かな》ちゃんはどう？」

クラスの隅、静かに座っていた女子二人に、優しく声をかけた。

「解散会、やるなら二人も来てくれる……？」

与野沙也《よのさや》さんと氏家《うじいえ》加奈さん。

手芸部所属で、春珂《はるか》と仲の良い《い》穏やかな女子たちだ。

文化祭では、柊《ひいらぎ》さん、春珂《はるか》とともに人形劇を上演し、その後も四人でずいぶんと親しくしている様子。

だから秋玻《あきは》としては、ひっこみ思案な二人がどう思うか気にかかったようなのだけど、

「え、す、すごくいいと思う！」

与野《よの》さんが、手をぎゅっと握ってそう主張する。

「加奈《かな》ちゃんとも、いいねって今話してて……」

「うん、わたしも絶対参加したい！　今年は、本当に楽しかったし……」

「そう……ありがとう」

ほっとした様子で、秋玻《あきは》はうなずく。

そして、彼女は千代田《ちよだ》先生の方を向くと――、

「ということで……みんな、賛成してくれそうなんですけど。解散会、開いてもいいですか？　このまま計画を進めちゃってもいいでしょうか？」

「そうね……」

千代田《ちよだ》先生は、視線を向けられ腕を組み、

「……高校生にふさわしい内容のものになるなら、問題ないと思います。だから、どんな会にするか、どこでやるのか、みたいなことをきちんと報告するように。会場のお店にはわたしからも話を通させてもらうから、そこだけちゃんとお願いね」

「わかりました。きちんと報告するようにします」

はっきりとうなずく秋玻《あきは》。

そして彼女は――次に視線を僕に向ける。

「じゃあ、最後に……矢野《やの》くん。春珂《はるか》の指名だけど、準備、一緒にやってくれる？　……わた

しも、矢野《やの》くんとなら、良《い》い解散会が作れそうかなって、思うんだけど……」

──ちょっと不安げな、秋玻《あきは》の表情。

僕がどう返答するかなんてわかりきっているだろうに。

それでも、心のどこかで予想外の返答が来たら、と心配になるらしい。

だから僕は、

「──もちろんやるよ」

端的に、そう答えた。

「もう三学期の終わりまで時間がないしね、今日からさっそく取りかかろう」

「……わかった」

秋玻《あきは》が──その顔の不安を溶かして、ほっとした表情になる。

「ありがとう、助かるよ……」

──その展開に。

僕と秋玻《あきは》の一連の流れに──クラスに小さく「おお～……」みたいな声が上がった。

感心、とか感動……とかじゃない。

あからさまに、僕らをはやし立てるような声──。

そして、

「ちょっとちょっとー、朝から公開でいちゃつかないでよー」

古暮《こぐれ》さんが、呆《あき》れたようなふてくされたような声を上げた。

「ていうか、むしろこうするのが目的だった？　もしかしてわたしたち、二人がくっつくダシに使われた？」

「えっ！　そ、そういうわけでは……！」

秋玻《あきは》はぽっと顔を赤らめ、慌てて古暮《こぐれ》さんに手を振ってみせる。

「わたしはただ、春珂《はるか》の書いたことを読み上げただけだよ……！」

けれど——もうその流れは止められない。

周囲からも、はやし立てる声が次々上がり始める——。

「——おいおいマジかよー！」

「——水瀬《みなせ》さん策士すぎるだろー」

そんな声の中、真っ赤な頬に手を当てている秋玻《あきは》。

僕も周囲のクラスメイトにいじられ、恥ずかしさに頭が茹《ゆ》だっていくのを感じる。


——だけど。


と、ふいに思う。

こんな風に、僕らに接してくれるクラスメイトたち。

おそらく好意を持って、はやし立ててくれる彼ら。

みんなは――秋玻《あきは》と春珂《はるか》の、これからのことを知らない。

二重人格であるだとか僕と何やら込み入った関係であること。入れ替わり時間が短くなっていることには、気付いていているだろう。

なのに――一番重要なこと。

いつか二重人格が終わることや、そのときに何が起きると言われているかは、全く知らされていない――。

「――ダシにするには手がかかりすぎだろー！」

「――いや、春珂《はるか》も本当に、解散会やりたいんだって！」

そんな風に周りに返しつつ。

僕はそのことに、胸が苦しくなるような申し訳なさを覚える――。

＊

「――あら、矢野《やの》くん」

「ああ、どうも」

――休み時間。

トイレからの帰り道。

千代田《ちよだ》先生にそう声をかけられて、僕はその場に足を止めた。

子供のように低い身長、短めの髪。

けれど、その整った顔には大人の知性と、底知れなさを覗《のぞ》かせる僕らの担任――千代田百瀬《ちよだももせ》先生。

どうやら、授業のためにどこかの教室に行くところらしい。

けれど、時間的にはまだ余裕があるのか。彼女は軽い口調で話を続ける。

「解散会、楽しみだね。わたし、自分が学生のときにはあまりそういうのに参加しなかったから、うらやましいわ」

「そう……なんですか。あ、じゃあ先生も来ますか？　きっとみんな、喜ぶと思いますけど」

お世辞抜きに、先生は二年四組の生徒に好かれている。

気さくで熱心な彼女は、僕らにとって先生と言うよりも近所の頼れるお姉さんという感覚だ。

クラスの皆も、先生が解散会に来れば歓迎してくれると思う。

なのに、

「ああ、それはわたし……遠慮しておくわ」

困ったように笑いながら、千代田《ちよだ》先生はそう言う。

「そういうのは、生徒水入らずでやるから楽しいのよ。わたしがいると遠慮するところもあるでしょう？　そういうのを気にせず、楽しんできて？」

「……そうですか」

……ちょっと残念だけど、うん。本人がそう言うなら仕方ないか。

確かに、千代田《ちよだ》先生ほど生徒寄りであっても、教師がいるかいないかで会の雰囲気は大きく変わるだろう。

今回は、生徒だけでとするのも悪くないかもしれない。

そんなことを考えていると、

「……意外だったよ。春珂《はるか》ちゃんが、あんなこと言い出したの」

ふいに、千代田《ちよだ》先生が目を細めてそうこぼした。

「変わったねえ、あの子も……」

「……ですね。でも、あれがあの子の素なのかも、とも思います」

一度うなずいて、僕はそう返す。

「こんな時期になって、色々枷《かせ》が外れて……春珂《はるか》もやっと、あんな風に、素が出せるようになってきたのかなって」

――千代田《ちよだ》先生は、その言葉に一瞬間を置き、

「……そうだね、そっちの方が、正確なのかも」

「でしょう？　考えてみれば、前からその片鱗《へんりん》はありましたし」

「だよね。結構積極的なところは、前からあったよね……」

――そんな風に言い合いながら。

なぜか、千代田《ちよだ》先生は――じっと僕の顔を見ている。

小さな顔に不釣り合いなほど大きな目が、まっすぐに僕を覗《のぞ》き込む――。

……な、何だろう。

なんか僕、変なことを言っただろうか……。

変にどぎまぎしてしまって、次の言葉を出せないでいると、

「……なんか、悔しいなあ」

ぽろっとこぼすように、千代田《ちよだ》先生はそう言った。

「く、悔しい？　何がですか？」

「いやね……矢野《やの》くんもなんだかずいぶん、気楽になったように見えるんだけど」

と、千代田《ちよだ》先生は不満げに唇を尖《とが》らせ、

「それって……九十九《つくも》と、うちの夫と話したのが、きっかけだったりするのかなって」

「ああ……まあそうですね」

千代田《ちよだ》先生の言う通りだ。

町田出版で働く編集者であり、千代田《ちよだ》先生の夫である野々村《ののむら》九十九《つくも》さん。

彼と話して――僕の気持ちは大分楽になった。

もっと余裕を持って生きても大丈夫なのだと、心から思えるようになった。

そのことに、僕は内心すごく感謝しているのだけど……、

「……ずっとわたし、矢野《やの》くんと接してきてさ」

友達にでも愚痴るような口調で、千代田《ちよだ》先生は続ける。

「なのに、ここぞっていうタイミングでおいしい役を夫に取られて……なんか納得いかないなあ」

「ああ、そういうことですか」

思わず、笑い出してしまった。

そうか……千代田《ちよだ》先生も、大人もそんな風に思うことがあるんだな。

確かに先生にとってみれば、最後の一手だけを野々村《ののむら》さんに取られたような、そんな気分にもなるかもしれない。

けれど——そこまで導いてくれたのは、間違いなく千代田《ちよだ》先生だと思う。

先生が陰になり日向《ひなた》になり僕をサポートしてくれたから、こんな風に思うことができるようになった。

だから……、

「先生のおかげですよ」

僕は、本心から千代田《ちよだ》先生に言う。

「先生がいなかったら、野々村《ののむら》さんと会ったとしても絶対こんな風にはならなかったですから。だから、こうなれたのは千代田《ちよだ》先生のおかげです」

「そう？　なら、いいんだけど……」

口ではそう言いつつ、千代田《ちよだ》先生はまだちょっと不満げで。

それが本当に、教師というよりは友達みたいで、僕は笑ってしまう。

先生らしいかと思ったら友達っぽくもあって。

底知れないところがあると思ったら、こっちが驚くほど明け透けで。

この人は……本当に不思議な人だ。

そして、千代田《ちよだ》先生は——、

「……そうそう、それから」

——その声を抑えて、話を切り替える。

「秋玻《あきは》ちゃん、春珂《はるか》ちゃんの二重人格の件」

「……はい」

その言葉に、思わず背筋を伸ばした。

ここからは——きっと真面目な話だ。

しかも、話題は二重人格のこと——。

千代田《ちよだ》先生も、声色にわずかに緊張を覗《のぞ》かせながら、

「そろそろ……本当に、終わりが近づいてるみたい」

ぽつりと小さく言う。

「あんまり正確なことは言えないらしいんだけど、主治医の先生の経験で言えば……持っても
あと一ヶ月くらい。入れ替わり時間も、また短くなっていくと思われるって」

「……そう、ですか」

うなずきながら、僕は鼓動が緩く加速するのを感じる。

――終わりが近い。

――入れ替わり時間が短くなる。

それは――当然予想していたことではある。

秋玻《あきは》、春珂《はるか》と、一緒に選択したことでもある。

けれど、はっきりそれを言葉として突きつけられると、背筋がわずかに寒くなるような感覚
にとらわれた。

それから――千代田《ちよだ》先生が僕らの『現状』を理解していること。

これまでも、千代田《ちよだ》先生は『いち教師』の範囲を超える動きを、僕に垣間見せてきた。

妙に僕らの個人的な事情に詳しかったり、秋玻《あきは》、春珂《はるか》の病状を把握していたり。僕らから見
えないところで色々と手を回している様子さえ、見えることがあった。

もしかしたら、秋玻《あきは》や春珂《はるか》から直接話を聞いているのかもしれない。

けれど、それでも——僕は彼女が『すべてわかっている』ことに、毎度どうしてもドキリとしてしまう。

「実際……入れ替わり時間は、少し前に比べても短くなっているわ」

そんな僕の気持ちを知ってか知らずか、千代田《ちよだ》先生は言葉を続ける。

「ほら……朝の発表のとき。入れ替わりが発生したでしょ？」

「ああ、はい。春珂《はるか》がすごく、強引だったやつ……」

本当に、びっくりしてしまった。

これまで二人は、入れ替わり時間だけには十分に気を遣っていたから、なおさら。

今でも、微妙にあの件には違和感を覚え続けている。

「あれもね……多分、入れ替わり時間が短くなったせいだと思う。今日あの子たち……二十五分くらいで入れ替わってるみたいなの」

「そう……だったんですか⁉」

——反射的に、大きな声が出た。

選んでほしい、と言われたあの日、入れ替わり時間は三十分ほどだった。

それ以来、細かく計っていたわけではないけれど……二十五分。

そうだとすると、あんな風に壇上で入れ替わりが発生したのも、仕方がないことだったのかもしれない。

それまで、何ヶ月も三十分で入れ替わってきたんだ。

突然その間隔に変更があっても、すぐに追いつけるはずがない……。

「……もちろん、わたしたちも状況は注視しているわ」

千代田《ちよだ》先生は、そう言ってこちらを見る。

「何かあったらすぐに対処できるようにするし、できるだけフォローも入れられるようにする。でも、それにも限界があるから……。いつもずっと、そばにいるってわけにはいかないから……」

唇を噛《か》む千代田《ちよだ》先生。

自分の力不足を恥じるような、悔しげな表情――。

そして彼女は、切実な声で、

「どうか、あの子たちのこと……しっかり見ていてあげてほしいの。何かあったときに、できるだけ早く気付けるように……」

「……はい」

僕は、深くうなずいてみせる。

そうしたいと、純粋に思う。

できるだけ彼女たちのそばにいて、その変化を見逃さないようにしたい。

「本当はこんなこと、矢野《やの》くんに頼むべきじゃないんだけどね……」

千代田《ちよだ》先生はそう言って自嘲する。

「ごめんね、ほんとは大人だけで、なんとかしたいんだけど……」

「……大丈夫ですよ」

そんな彼女に、僕はそう言って笑いかけた。

「できるだけ、僕も頑張りたいですから」

──これまでは、大人は別世界の存在なのだと思っていた。

子供である自分とは切り離されていて、はっきりと隔たりがある、能力も内面も自分とは全く別の存在。

けれど──野々村《ののむら》さんとの交流で知ったのだ。

彼らも、僕らと変わらない人間でしかない。

失敗して、不安に苛《さいな》まれて、後悔しながらそれでも歩いている人でしかない。

そのことは──僕らと変わらない。

だから、

「任せてください、やれるだけやってみますから」

そう言って、僕は千代田《ちよだ》先生に笑ってみせる。

甘えるのではなく、力になりたいと思う。

確かに未成年で、被保護者で、社会の中では非力な存在だ。

大人には子供と違う責任があるし、子供は彼らに頼ってもいいのだと思う。頼るべきなのだとも思う。

けれど、できるだけのことは、誰のせいにもせずやってみたかった。

誰のためでもなく、自分のために——秋玻《あきは》と春珂《はるか》に、関わりたい。

千代田《ちよだ》先生は、ちょっと面食らったように目を見開く。

そして、二、三度ぱちぱちとまばたきしてから——なぜかもう一度、不満げに唇を尖《とが》らせた。

「矢野《やの》くん、本当に変わっちゃったなあ……」

彼女は、窓の外に視線をやり。

薄い水色の空をぼんやりと眺めると、

「でもそうだよね……。もうあの子たちと会って、一年も経《た》つんだもんね……」

目を細め、ひとりごとみたいにそうつぶやいた。

【放課後せれな～で】

第三十章
Chapter30

Bizarre Love Triangle

三角の距離は限りないゼロ

──春を待つ放課後の駅前は、行き交う人で賑《にぎ》わっていた。

スーツ姿のサラリーマンや、職業不詳のラフなお兄さん。

保育園の帰りだろうか、自転車の後部座席に子供を乗せた大人とも何度かすれ違った。

彼らの服装はまだ真冬とそう変わらないけれど、寒さは少しずつ、それでも確実にやわらいでいる。

道端のコンビニで開かれているひな祭りフェアの、桃色や薄緑の飾り付けにも、なんだか気持ちがふわっと浮かび上がった。

そんな僕に──、

「ねえねえ、どの辺のお店に行くの？」

隣を歩く春珂《はるか》が尋ねてくる。

「この辺りに来るの初めてなんだけど……どんなお店？」

「ああ……この通りの裏の、個人経営の喫茶店だよ」

答えながら、僕は通りの向こうを指差してみせる。

「静かだし良《い》い店だし、話すならあそこかなって──」

──今年度が終わるまで、あと三週間と少し。

解散会を開くなら、もうそれほど時間の余裕はない状況だ。

ということで。僕らは急ピッチで準備を進めるべく、まずは解散会の概要や方向性を打ち合わせをする予定なのだ。

ちなみに――初めはいつもの通り、部室で話す予定だった。

別にただ計画を立てるだけなら、場所はどこでも構わないし。

けれど、今日の授業が終わったあと。いざ移動しようとした段階で、

「――やっぱり、どこかお店に行かない？」

春珂《はるか》がそんなことを言い出した。

「せっかくだし、普段の雑談の感じじゃなくて、しっかりやりたい！」

……確かに、部室だといつもの流れでだらっとしちゃいそうな気がした。

皆が楽しめる解散会にするためにも、ここは計画段階から気合いを入れていきたい。

ということで、僕は近くの喫茶店に行くことを提案。

こうして二人で、夕方の西荻《にしおぎ》駅前にやってきたのだった。

そして、さらに歩くことしばらく。

もう少しで目的の店も見えてくるか、というところで――、

「……そろそろいいかなー」

ふいに春珂《はるか》が、そんな声を上げる。

「もう十分、学校からも離れたよね……」

「ん？　離れた？　何の話？」

尋ねる僕に答えることなく、春玥《はるか》はいたずらな笑みを浮かべる。

そして――、

「えい！」

そんな声と同時に――腕に抱きついてきた。

両手でひしと、僕の左腕を包み込む形で。

「――ちょ、ちょっと春玥《はるか》⁉」

反射的に、大声を上げてしまう。

驚いた周囲の人々が、ちらりとこっちに視線をやった。

慌てて僕は声を抑え、

「な、何してんだよ急に……！　そ、そんな……くっついて！」

言っている間にも、腕には春玥《はるか》の身体《からだ》の感触が伝わる。

力の込められた彼女の手。

必然的に押しつけられる、胸元の柔らかさ。

そして――歩く度に手先に触れる、すべらかな太もも。

――身体《からだ》に触れるのは、これが初めてではない。

自分の意思で、彼女の同意のうえで触ったこともあるし、こんな柔らかさも決して初体験ではない。

けれど——人前でこんな体勢になることに。

オープンな場でこんな風に密着することに、僕は動揺してしまう。

なのに春珂《はるか》は、

「えへへー……」

なんて、のんきに表情を緩めていた。

「言ったでしょー！　作戦は考えてるって。もう、背に腹は代えられないから、できるだけ矢《や》野《の》くんに意識させようと思って！」

「にしても、こんなにくっつく必要があるのかよ！」

腕に伝わり続ける感覚に、どぎまぎしてしょうがない。

意識もするけれど、これはむしろどっちかというと混乱してしまうというか……。

けれど、春珂《はるか》は全く意に介さず、

「そんな、手加減なんてしてらんないよ！」

当然でしょ⁉　みたいな顔で主張した。

「秋玻《あきは》が、あんな風に本気出すんだもん！　こっちも全力でいかないと！　こうなったらもう、どっちが矢野《やの》くんをドキドキさせるか対決みたいなものだよ！」

「そ、そういう勝負じゃないと思うんだけどな……」

そもそも、これが勝負なのか自体も怪しいところだ。

実際は多分――答えは、すでに自分の中にあるんだと思う。

どっちが好きなのかは、ちゃんと最初から決まっていて、僕がそれを自覚できていないだけ。

だから今はきっと、それを探っている状態なのだし……こういうことをされても答えが変わるわけじゃない気がする……。

それに、

「……その理屈で言うと、これって秋玻《あきは》にも得があるんじゃないか？　入れ替わったら、秋玻《あきは》もこの体勢になってるわけだし」

現在の入れ替わり時間は三十分ないくらい。

そうなると、次の入れ替わりはもうすぐで、その時間が来れば僕に抱きついているのは秋玻《あきは》、ということになる。

けれどももちろん、春珂《はるか》はそんなこと考慮済みのようで、

「そこは入れ替わり直前に離れるよ！　そんな棚ぼたは許さないよ！」

自信に満ちた顔でそう言う。

「逆に、秋玻《あきは》は自分から抱きついたりとか、そういうことできないと思うからね。つまりここまでは、わたしの一歩リード、というわけです！」

「……そ、そうか」

その勢いに押されつつ、僕はおずおずうなずく。

春珂《はるか》の気持ちはうれしいけど……どうリアクションすればいいかわからないな。

あまりそういうアプローチに慣れていない身としては……。

「……あとあの、一応確認なんだけど」

と、そこで僕は、どうしても気になっていることを彼女に尋ねることにした。

「こういうことしたいから、解散会を提案した……ってわけじゃないよな？　本当に、クラスのみんなと楽しみたいからで……こうする口実を作るためとかでは……」

やっぱりちょっと、引っかかっているのだ。

古暮《こぐれ》さんに言われた「ダシに使われた？」というセリフ。

もちろん、本人も冗談のつもりなんだろう。本気でそうとは思っていない気がする。クラスメイトたちだってそれは同じだろうし、だからあんなにはやし立ててきたんだろうとも思う。

それでも——本格的に準備に入る前に、念のため春珂《はるか》自身に聞いておきたかったのだ。

けれど、春珂《はるか》は——、

「……ふふふ」

何やら意味ありげに僕に目配せする。

そして、にまーと笑みを浮かべると、

「何言ってるの？　そんなの決まってるでしょ……？」

そう前置きして僕の顔を覗《のぞ》き込み——、

「全部……矢野《やの》くんとくっつくためだよ！」

「……ええ⁉」

「思い出作りとか、クラスのみんなと楽しみたいとか完全に言い訳だよ。本当は、こうやって放課後毎日会って、ドキドキさせるのが目的です……！」

「マ、マジかよ……！」

「当たり前でしょー！　恋は総力戦って言ったじゃない！　矢野《やの》くんの気持ちをゲットするためなら、そのくらいやっちゃうよー」

「……嘘《うそ》、だろ……」

——ショックだった。

結構本気でショックだった……。

そ、そうだったのかよ……。僕、うれしかったのに……。

春珂《はるか》がクラスのことをあんな風に大切にしてくれていたことも、会を提案してくれたこともうれしかったのに……。

——けれど。

そんな風に打ちひしがれる僕に、

「……あはは、ちょっとー真に受けないでよー」

くるりと表情を変え眉を寄せると、申し訳なさげに春珂《はるか》が言う。

「冗談だよー。くっつくために、ここまで面倒なことしないってー」

「……え？」

「だから、冗談！　ちょっと矢野《やの》くんからかいたくて、嘘《うそ》ついただけだよー」

「……ほ、本当に？」

もう……なんだか信じられなかった。

振り回されすぎたせいで完全に動揺していて、何が春珂《はるか》の本心なのかわからない……。

一体、どれが本気でどれが冗談なんだ……。

「……あのね」

僕の表情から混乱度合いを察したのか。

打って変わって、春珂《はるか》は穏やかな声色になる。

「確かに……HRのときは、そう見えてもおかしくない流れにしちゃったよね。実際、矢野《やの》くんを実行委員に誘ったのには、そういう期待もあるよ。そこは否定しない」

まずは、素直にそう言う春珂《はるか》。

けれど、彼女はまっすぐ僕を見ると――、

「でも、本当にわたし、二年四組のみんなと一緒に、楽しい時間を過ごしたいとも思ったんだ……」

「そう、なのか？」

「うん。だって本当に……すごく楽しい、大事な一年だった。それは、もちろん矢野《やの》くんや秋玻《あきは》、伊津佳《いつか》ちゃんや修司《しゅうじ》くんや、細野《ほその》くんや時子《ときこ》ちゃんのおかげだけど……大事なのはそれだけじゃない。毎日一緒の教室にいて、同じ時間を過ごした『二年四組』っていうクラスにも、わたし思い入れがあるなって、思ったの」

そして――春珂《はるか》はこちらを向くと。

どこか切なげに、もう一度僕に笑ってみせる。

「だから――みんなと、どうしても思い出、作りたかったんだ」

「……そっか」

……ああ、これは本心だ。

はっきりと、そう思った。

これがちょっといたずらな春珂《はるか》の、偽らざる本当の気持ち――。

「わたしたち、こんなにしっかり一年間学校に通えるの、本当に久しぶりだから」

ちょっと口調をやわらげつつ、春珂《はるか》はそう続ける。

「むしろ、わたしが生まれてからは初めてってくらいなんじゃないかな……。だからやっぱり、特別なの。二年四組……」

「……そっか、そうだよな」

――ようやく、信じることができた。

こうしてくっつくためだけじゃない。春珂《はるか》は、本当に二年四組が大切で。

彼らとの時間が楽しいものだったからこそ、解散会をしようとしている――。

「うん……。というわけで……理由としては思い出作りが三割、矢野《やの》くんと一緒にいたいのが七割ってとこかな……」

「……!?」

「いや、やっぱり思い出二割、矢野《やの》くん八割かも……」

「……ッ!?」

「……なんてねー」

驚く僕に、いたずらに笑ってみせる春珂《はるか》。

そして彼女は――僕の腕を抱く手に、一層力を込める。

もう……本当に、何なんだ。

春珂《はるか》って、こんなやつだったっけ。ここまでいたずら好きなやつだったっけ……。

……そんな風に呆《あき》れながらも、心臓はすごい速度で鼓動していて。

頬は熱くなって身体《からだ》中がそわそわして――。

まるで、目の前の女の子に。

春珂《はるか》に、恋をしているみたいだなんて、そんなことを思う――。

そして——その瞬間だった。

にんまり笑っていた春珂《はるか》の目が——パッと見開かれる。

その目に焦《あせ》りの色が浮かぶ。

さらに——、

「やば！　もう入れ替わ——」

——それだけ言って足を止め、ガクリと首を垂れる春珂《はるか》。

「……え、ちょ⁉」

急展開に、慌てて僕もその場に立ち止まる。

そして彼女は——数秒の間を置くと。

ゆっくりと、顔を上げ……、

「……ん？　これは……？」

さっきよりも落ち着いた表情で、ちょっと寝ぼけたような口調でそう言う。

——入れ替わった。

春珂《はるか》から、秋玻《あきは》に入れ替わった——。

彼女は短く辺りを見回し、

「……外？　打ち合わせは、もう終わったのかしら……」

「ああ……なんか春珂《はるか》が、外でやりたいって言い出して。喫茶店に向かってたところなんだ……。そしたら、途中で急に入れ替わって……」

「……そうだったの。ごめんなさい。わたしも春珂《はるか》も、まだこの入れ替わり時間に慣れてなくて……」

そして——秋玻《あきは》はほうと息をつき。

改めて、僕の方に視線を向けたところで——、

「……!?」

——自分が、僕の腕に思いっきり抱きついているのに気付いた。

「え、ちょ……こ、これは？」

顔を真っ赤にして、おろおろとそう尋ねてくる秋玻《あきは》。

「な、なんでこんなくっついてるの……!?」

「い、いや、春珂《はるか》が、なんかアピールしたいらしくて！」

大混乱の秋玻《あきは》につられて、なんだかこっちまで慌ててしまう。

「意識させるんだって、急に抱きついてきて……」

「こ、こんな公衆の面前で、ここまでくっついたの!?」

……言われてみれば、確かにこれ、すごく恥ずかしいことな気がする。

修学旅行以降、二人を同時に大切にしている期間はもっと色々することもあったけど、基本

は物陰に隠れてとか、人の目のないところだけ。

こんな風に、公衆の面前で大胆に、なんてことは基本的になかった。

「じゃ、じゃあ……」

と、半ば今さらながら、僕は彼女が抱きしめたままの腕に目をやり、

「とりあえず、これ……離れるか……」

こうしている間にも「何だ？　痴話ゲンカか？」みたいな感じで視線を向けてくる人はいる。通りには同じ宮前《みやまえ》高校の制服姿の若者も見えるし……そんなに気になるなら、今からでも普通の友達同士を装《よそお》った方がいいだろう。

なのに――、

「……」

ふいに、秋玻《あきは》は黙り込む。

視線を落とし、唇を噛《か》み、じっと僕の腕を見つめる。

そして――、

「こ、今回は……」

妙にこわばった声で、こう言った――、

「このままで、行こうと思います……」

「ええ……?」

いいのかよ……。

恥ずかしいんじゃなかったのかよ、これ……。

けれど、今さらそんなことを言い出すこともできず。

うなずき合うと、僕らはギクシャクした雰囲気のまま喫茶店へ向かった。

＊

「——打ち合わせに、来たのはいいけど」

店に着き席に座り。注文したコーヒー二杯が届いて、一息ついたところで。

カップに砂糖を入れながら秋玻《あきは》が切り出す。

「実はちょっと、まともな意見を出せるか不安で……。わたしも春珂《はるか》も、そういうクラス会みたいなのに、参加したことないから……」

——さっきまでのやりとりが嘘《うそ》みたいな、真面目な話だった。

その切り替えの早さには驚くけれど……よく見れば、彼女の頬にはまだわずかに赤みが残っている。

もしかしたら、早くこの照れくささを振り払いたかったのかもしれない。

まあ……こっちも腕の感触を早めに忘れたいし、ここはその話に乗っておこう。

それに——、

「そっか、まあそうだよな……」

クラス会に、参加したことない……か。

秋玻《あきは》の中に春珂《はるか》が生まれたのは、小学校中学年の頃だったそうだ。

クラス会が行われるようになるのなんて中学生以降だろうし、病院や施設にずっといた二人がそういう経験がないのも、当たり前のことかもしれない。

むしろ……だからこそ、春珂《はるか》はそこに憧れがあったのかも、なんて気もする。

「そこは僕、結構経験あるから安心してよ」

コーヒーをブラックのまま一口飲み、僕は秋玻《あきは》に笑ってみせた。

「中学の頃はそうでもなかったけど、一年のときはほら……僕、明るいキャラ作ってたからさ。そういうのには、積極的に参加してたんだ」

クラスで行われた文化祭の打ち上げはもちろん、ちょっと関わりのあるクラスメイトにカラオケやファミレスに誘われれば、できる限り参加するようにしていた。

当時はずいぶんしんどかったし、罪悪感にも襲われたけど……こうしてその知識が役に立つときが来たんだから、人生何が起きるかわからないなと思う。

「……わかった、ありがと」

その話に、秋玻《あきは》がふっと笑い出す。

「じゃあ今日は、大船に乗った気持ちで矢野《やの》くんに頼っちゃうね」

「おう、任せとけ」

うなずくと、僕らはさっそく具体的な解散会の概要を検討し始める。


「――まず問題は、会場だよな。全員来たとして、二年四組は四十人くらい」

「――そんなに入れるとこ、あるかな……？」

「――この辺だと、ファミレスかカラオケの大部屋だな」

「――会費はどうするの？　事前徴収？」

「――そうなると思う。この時期、僕らみたいな学生向けのコースがあったりするから……」

「――となると、最後の問題は日程だね」

「――そこは運だな。日程調整のウェブサービスがあるから、それを利用して……」


――一時間ほども話すと、全体像がざっくりと見えてきた。

企画初日としては、こんなものだろう。

あとは随時クラスに状況を共有しつつ、具体的にプランを詰めていけばいい。

「……ふう、よかった」

背もたれに体重を預け、秋玻《あきは》が息を吐き出す。

一度春珂《はるか》に入れ替わったあと、もう一度彼女が出てきてそろそろ二十分経《た》つ。

またそのうち、春珂《はるか》が出てくるはずだ。

「実行委員やるって言っても、わたし結構不安だったの。でも、うん……今日で大分筋道が見えた気がする。ありがとうね、矢野《やの》くん」

「うん、お安い御用だよ」

むしろ、本番はここからだ。

今日はざっくり方向性を決めたくらいだし、具体的に動くのは明日以降。

それがどうなるかだな……。

なんて思っていると——なぜだろう。秋玻《あきは》はふいに、思案顔になる。

そしてそのまま、彼女は周囲を見回し……僕の持っているコーヒーのカップを見ると、そのままじっとそこで視線を固定する。

「……ん？　どうした？」

もしかして、このコーヒーの味が気になるとか？

いやでも、秋玻《あきは》も同じものを頼んだはずだしな。一体何だろう……。

いぶかしがる僕に、

「……もうすぐね、わたし春珂《はるか》に入れ替わるんだけど」

むん、と眉間にしわを寄せ、秋玻《あきは》は低い声で言う。

「次に……あの子が何をするか、読めた気がする」

「……何するか？」

「うん」

神妙な顔でうなずく秋玻《あきは》。

「きっと、あの子のことだから……また矢野《やの》くんに、くっつこうとしたり、なんかしようとすると思うの。打ち合わせも一段落したし、あとは帰るだけだし、何か……ちょっとドキッとさせるようなことを」

「あ、ああ……確かに、そうかもな」

「でね、さっきあんなことしてわたしに入れ替わったし、今回は、その場ですぐ終わるような、軽いものにする気がしてて……それかなって」

言って、秋玻《あきは》は小さく僕のカップを指差した。

「……これ？」

「うん、それをもらって、『間接キスー！』みたいな……」

「あ、ああ～……」

やりそうだった。

なんか、すごくやりそうだった。

いやもう、春珂《はるか》とはそれ以上のことをしているわけで、正直それくらいでは僕もそこまで動揺はしなそうだけれど。

でも……なんというかこう。そんな感じで、軽いジャブを放ってきそうな気がするのだ……。

「だからね……」

秋玻《あきは》は言うと、自分のカップを手に取り——僕のカップと入れ替えた。

「こうしておけば、大丈夫……！」

一安心！　とばかりに自慢げな顔になる秋玻《あきは》。

うん……まあ確かに、こうすれば回避できるだろうけど……。そこまでして阻止したいかね、間接キス。別に、どうでもよくないか……？

そして、そこでタイミング良く、

「……ああ、入れ替わりみたい」

なぜか戦いでも挑むような顔で、秋玻《あきは》はつぶやいた。

「じゃあね、矢野《やの》くん。またあとで、春珂《はるか》がどうしたか教えて？」

「お、おう……わかった」

うなずくと、秋玻《あきは》がうつむく。

前髪で表情が隠れ——そのまま数秒。

さっきよりも勢いよく、春珂《はるか》が顔を上げる。

そして、

「……どう？　話し合い終わった？」

「うん……一通り全部終わったよ」

さっきまでの話なんてなかったようなフリで、僕はそう返す。

「そっかそっかー、よかった！　じゃあ時間も遅いし、飲み物だけ飲んで出ようか」

「おう、そうしよう」

うなずくと、春珂《はるか》は手元にあったカップに視線を落とす。

秋玻《あきは》が入れ替えた——実際は、さっきまで僕が飲んでいたカップ。

そして……案の定。

もはや「そこまで予想通りに動く⁉」みたいなにやけ顔で、春珂《はるか》はこちらを向き、

「……いいこと思い付いちゃった～」

「な、何だよ……」

「矢野《やの》くん！　こうかーん！」

歌うように言って——春珂《はるか》は素早く、手元のカップと僕のカップを入れ替えた。

結果、コーヒーの位置は元に戻る。

僕の手元に戻ってくる僕のコーヒーと、春珂《はるか》の手元に戻る春珂《はるか》自身のコーヒー。

けれど――そんなこと、春珂《はるか》はつゆ知らず。

勝ち誇ったような笑みを浮かべると、

「ふふふ〜これで間接キスだね〜。照れちゃうね〜！」

なんて言いながら、それを口に運ぼうとする。

それを見ながら――僕は驚愕《きょうがく》していた。

いや……こんなにどんぴしゃで当たるか？　普通……。

いやまあ、秋玻《あきは》は春珂《はるか》本人でもあるわけだけど。二重人格だしいつも一緒にいるし、相手の考えなんて読めちゃうのかもしれないけど……。

それでも、ここまで完璧に読みの通りになったことに、驚くあまり僕は声を出すこともできない。

そして、それを春珂《はるか》はどう勘違いしたのか、

「……ふふふ、そんなに驚くことないでしょ〜」

なんて、機嫌よさげにしている。

「これくらいはいいでしょ？　直接ちゅーしようってわけじゃないし……」

「や、まあ……いいんだけど……」

「あれ？　意外と素直だね……？　……まあいいか、ということでいただきまーす！」

言って、カップを口に近づける春珂《はるか》。

うれしそうな顔をしているけれど——それはついさっきまで、秋玻《あきは》が普通に飲んでいたカップだ。実際は間接キスでも何でもない。

今回は、秋玻《あきは》の戦略勝ちだな。

しかし、僕との間接キスごときで、そこまで気を回さなくてももいいだろうに……。

と、カップが唇に触れかけたところで、

「……あ！」

ふいに春珂《はるか》が声を上げた。

そして、しばし手元のコーヒーを眺めてから、

「そう言えば矢野《やの》くん……コーヒーいつも、ブラックで飲んでるよね？」

そんなことを、尋ねてきた。

「ん？　ああ、まあだいたいそうだけど……」

常に、というわけではないけれど、九割くらいがブラックだろうか。

実際、この店で頼んだコーヒーも、砂糖を入れずにブラックで飲んでいる。

「あ〜、やっぱりそうか〜……。てことは、これお砂糖入ってないのかー……」

なんだか残念そうに、そう言ってカップを置く春珂《はるか》。

そして彼女は、

「わたし、お砂糖入りしか飲めないんだよね。だからいつも、秋玻《あきは》にもお砂糖入れてねってお

願いしてて……」

言いながら、彼女は止める間もなくもう一度カップを入れ替え、

「やっぱり、普通に自分の飲もう。間接キスは、またの機会に……」

そう言って――戻ってきたカップを。

秋玻《あきは》が入れ替えた、本当は僕のものだったカップを口に――、

「――は、春珂《はるか》！　それブラック――」

「――っ⁉」

――間に合わなかった。

慌てて止めに入ったけれど――すでに春珂《はるか》はカップに唇をつけ。

口に流れ込んできた液体に、目を見開いている――。

そして、

「――ん～⁉」

勢いよくカップを口から離すと、驚きに目を白黒させ、

「に、苦い、何これ……⁉　……ブラック⁉　お砂糖、全然入ってないよね⁉」

確かめるようにカップを色んな角度から眺めながら、そんなことを言う。

「秋玻《あきは》、入れてくれなかったの⁉　……いやでも、さっき飲んだときは甘かった……じゃあ、なんで……？」

……こんなことになるとは。

まさか、こんなに予想の斜め上に行くとは……。

さすがにこれは、秋玻《あきは》も予想できなくて当然だ……。

「……春珂《はるか》。実はそれさ……」

頬をかきつつ、僕は春珂《はるか》に説明した。

秋玻《あきは》が『間接キス』を先読みしていたこと。コーヒーを入れ替えたこと。

だから——今春珂《はるか》の手元にあるコーヒーこそが、僕のコーヒーであること。

「そ、そういうこと……」

未《いま》だに口の中に苦みが残っているらしい。

渋い顔をした春珂《はるか》は、立て続けにお冷やを飲んでうなずいた。

「だから、あのコーヒーあんな苦かったんだ……。それにしても、秋玻《あきは》もやるね。そこまでわたしの行動を読むなんて……。さすが、身体を共有してるだけあるよ……」

「本当にな。僕も春珂《はるか》がコーヒー入れ替えだしたときは、マジかと思った」

「……あれ？　でも」

——と、そこで春珂《はるか》は気付いた顔になり、

「ていうことは……この手元にある、ブラックコーヒーは……」

こちらを向くと、小さく首をかしげ、

「……矢野《やの》くんの？」

「……まあ、そういうことになるな」

何の因果か、最終的にそういうことになっている。

まあ、苦いコーヒーを飲むことになった以上、春珂《はるか》にとってもプラマイゼロというか、むしろマイナスが大きいんじゃないだろうか……。

なんて思ったのに、

「……ふっふっふ……」

春珂《はるか》は口元を手の甲で拭うと、何やら不敵な笑みを浮かべる。

そして、

「秋玻《あきは》――策に溺れたね！　おかげでわたし、肉を切らせて骨を断ちました！　間接キスゲットです！」

「そこまでしてしたいことかよ⁉」

勝ち誇るような笑みを浮かべる春珂《はるか》に――僕は反射的にそんなツッコミを入れてしまった。

＊

――『解散会』最初の打ち合わせから、十日程が経《た》った。

あの日から、地道に準備を進める毎日が続いている。

朝から晩まで、調整やら連絡やら打ち合わせの繰り返し。

考えてみれば、こんなに忙しいのは文化祭の準備をしていたとき以来かもしれない……。

そして現在、時刻は二十二時過ぎ。

部屋のベッドに寝転び蛍光灯を見上げながら、僕は秋玻《あきは》とこれまでの成果の確認と、今後のスケジュール調整をしていた。

「ってことで……明日はようやく、お店の下見だな」

『ええ、ここまでは、なんとかスムーズに来れたわね』

スピーカー越しに、秋玻《あきは》の声が聞こえてくる。

間近で響くその声は心地《ここち》好《よ》くてくすぐったくて、話しながらも自然と口元が緩んでしまう。

「ほんとだな。参加メンバーも日程も、なんとかなってよかったよ」

『やっぱり、普通はその辺で苦労することが多いの？』

「うん。だいたいそのどっちかで、何かを諦めなきゃいけないことが多いかな。クラス会となると、人数も多いしね」

言いながら、窓の外に目をやった。

澄んだ冬の空気の向こうでは、半分の月が雲に隠れたり覗《のぞ》いたりしながら金色に輝いている。

それをぼんやり眺めながら、秋玻《あきは》の部屋からも同じものが見えていればいいななんて、そんなことを思った。

『よかった……初めてだから、ぐちゃぐちゃになっちゃったらどうしようと思ってた』

「まあ、そこまで酷《ひど》くなることはそうそうないよ。それに、今回は皆協力的だからね。大コケすることはないと思う」

『そうよね。皆には、本当に助けられてるわ……』

――本当に、思いのほか順調なのだ。

まずは参加メンバー。

参加希望確認も兼ねて、僕は日程調整用ウェブサービスをクラスメイトに共有。

出席希望の人は、ここに自分の空いている日を入力してほしいとお願いした。

結果――なんと、クラスメイト四十一人が全員参加希望。

現実的には何人かが不参加だろう、と踏んでいたからこれはうれしい誤算だった。

ただ、日程の方はやはりそう簡単には折り合いがつかず。

どうしても全員が問題なく集まれる日がなかったので、そこからは直接交渉に移行した。

できるだけ参加不可の人数が少ない日を選んで、『予定あり』を選択している人に「なんとか空けてもらえないかな？」と相談。

結果――用事を調整してもらうことができ、三月最終週の週末で日程は決定した。

「時期も……うん、これ以上ない日取りになったんじゃないかな」

『終業式の直後くらい、春休み入ってすぐよね？』

「だね、解散会としてはベストでしょ」

『そうね。あとは……わたしと春珂《はるか》が見つけてきたお店が、いいところだといいんだけど』

僕が日程調整している間。秋玻《あきは》、春珂《はるか》には西荻界隈《にしおぎかいわい》で高校生が集まれそうな店を探してもらっていた。

候補となったのは、駅前のカラオケの大部屋と、ガード下のファミレスのパーティルーム。

先日もそんな話をしたけれど、やっぱりこの辺が高校生には妥当だろう。

というわけで——僕たちは明日、実際にそのお店二軒を下見に行き、実際に使わせてもらう会場を決める予定だった。

……ちなみに。

ここまでの十日間ほども、僕はひたすら秋玻《あきは》と春珂《はるか》に露骨なアプローチをしかけられていた。

ところかまわずくっつかれるし、二人きりになれば「ドキドキした？」とか「ねえねえ。どうすれば好きになってくれる？」とか言われる始末。

言われるまでもなくドキドキしているし、どっちかを好きなのは確実なんだ。

これ以上、そうやって攻撃をしかけられると、こちらとしても暴発しそうな気持ちを抑えるので精一杯だった。

……明日もきっと、何かされるだろうな。

せめて下見は、惑わされることなくちゃんとできれば良いんだけど。

そんなことを考えため息をついていると、

『それで、伺う時間についてお店に相談したんだけど……』

――そこまで言って。

秋玻《あきは》の声が、ふいにスマホから遠ざかる。

「……ん？　あれ？　秋玻《あきは》？　おーい……」

呼びかけるも、返事がない。

……どうしたんだろう？

もしかして、また急に入れ替わりだろうか？

ちょっと心配になって、スマホから聞こえる音に耳をそばだてていると、

『……ちょ、ちょっと待ってよ！　今電話中だから！』

スマホからちょっと離れた位置から、切羽詰まった秋玻《あきは》の声が聞こえてきた。

『いいから、あとにして……！　……ご、ごめん矢野《やの》くん！　お父さんが話しかけてきて……』

「あ、ああ……そういうことか」

声が電話口に戻ってきて、僕は一人部屋でうなずいた。

なるほど……お父さん。

先日、家にお邪魔したときにアルバムで見せてもらった山男みたいな屈強な男性だ。

あの人に、声をかけられたのか……。

「大丈夫だよ。気にしないで。話すことがあったら、そっち優先で……」

思わず噴き出してしまいながら、僕はそう答える。

その間にも、秋玻《あきは》はお父さんに話しかけられているようで、

『え、何……？　お風呂《ふろ》はあとで入るから！　……ち、ちが！　彼氏とかじゃないって！

……え？　……わたしにも色々あるの！　……もういいから、ちょっとほっといてよ！』

——もう一度、大きく噴き出してしまった。

いつもは凜《りん》としていて、大人っぽい印象の秋玻《あきは》。

そんな彼女も、家にいるときはただの年頃の娘なんだな……。

当たり前のことなんだろうけど、そんなことを初めて僕は実感する。

そして、ようやくお父さんとの会話が終わり。

『……お父さん、あっち行った』

不満がダダ漏れの声で、秋玻《あきは》がそう言う。

『酷《ひど》い、こんなときに……』

「まあまあ、お父さんも悪気があったわけじゃないだろうし」

それがあんまり珍しい声だったから、僕は思わずお父さんのフォローに入った。

「そんなに怒らなくてもいいでしょ。年頃の娘がいるんだから、そりゃ心配にもなるって」

――けれど。秋玻《あきは》が不満だったのはそのことだけじゃなかったらしく。

『……笑った』

「……へ？」

『矢野《やの》くん……お父さんとわたしが話してるの聞いて、笑ったでしょ……』

……。

……。

……しまった！

噴き出したの、秋玻《あきは》にも聞こえてたのか！

『酷《ひど》い……わたし、恥ずかしかったのに……』

「……ち、違うんだよ！」

――突然怒りの矛先を向けられて。

僕は慌てて、電話の向こうの秋玻《あきは》に言い訳を始めたのだった――。

＊

「――こちらのお部屋でございます」

電話の翌日。

まずやって来たファミレスの、奥にある半個室のパーティルーム。

店員さんに招き入れられた僕と春珂《はるか》は、

「へえ……いいねいいね！」

「うん、これなら全員ゆったり座れるな」

なんて言いながら、辺りを見回す。

初めて来たけれど、思いのほか余裕のある空間だった。

ちょうど、学校の教室くらいだろうか。通常のフロアから壁やガラスでしきられたその空間には、長めのテーブルが六つ。それを囲むようにしてソファも並んでいる。

ここならクラス水入らずで楽しめそうだし……うん、フロアの方の声もあまり聞こえないから、そこそこ防音も期待できそうだ。大騒ぎはしないだろうけど、他のお客さんに迷惑をかけないに越したことはない。

「それから、こちらがメニュー表です」

若い店員さんが、コースメニュー一覧を差し出してくれる。

会社での歓送迎会を想定しているのか、アルコールつきのコースがメインに並んでいるけれど、高校生や大学生向けのコースもいくつか載っている。

「では、ごゆっくり下見ください……」

それだけ言うと――店員さんは、フロアの方へ戻って行った。

広いスペースに、春珂《はるか》と僕だけ残されて……よし、この状況なら素直な感想も言い合うことができそうだ。

「まず、スペース的には問題なしだな」

テーブルの間を歩きながら、僕は春珂《はるか》に言う。

「テーブルも大きめだから、色んな人と話せそうだし……これまで交流できなかった人とも交流できそうだ」

なんとなく、クラス全員がここに来たところをイメージしてみる。

ソファに並んで座る、クラスメイトたち……。

……うん、悪くない。

楽しい時間を過ごせそうな予感がする。

料理に関しても、普段からこの店では食べているけど問題ない。

ちゃんとおいしいファミレスの料理が出てくるはず。

ただ、

「……ネックになるとしたら、値段と時間だな」

「だねえ……」

コースの一人当たりの値段が、わずかに予算オーバーなのだ。

まあ、みんなに説明すれば納得してもらえるほどだとは思うけれど、ちょっとそこは引っかかる。そういうの、割とテンション下がったりするしな……。

あとは——二時間という時間制限だ。

人気のチェーン店だし仕方がないと思うけれど、解散会が二時間だけというのはさすがにちょっと短い。かつて、一年のときのクラス会で須藤《すどう》がなぜかソフトドリンクだけで酔っ払ったみたいなテンションになり、五時間近く管を巻き続けたことがある。

あんな悲劇はもうそうそう起きないと思うけれど……まあ、時間も余裕があるに越したことはないだろう。

「……ふむ、でもざっくりはわかったな」

メニューから顔を上げ、僕は春珂《はるか》の方を向く。

「もう一個の方と比べてみて、どうしても折り合いがつかなかったら調整してもらえないか、お店に相談してみよう。できることできないことあるだろうけど、交渉次第で結構なんとかなったりもするし」

「……そっか。うん、わかった！　じゃあそうなったら……修司《しゆうじ》くんあたりに交渉お願いしようか」

「だな、あいつそういうの上手そうだし」

穏やかな笑顔でさらっとえげつないことを要求しそうだ。しかも、店員さん側もころっと騙《だま》されてOKしちゃいそう。

それでもダメだったら次は古暮《こぐれ》さんあたりを動員すれば、鍛えているというビジネススキルを駆使して好条件を勝ち取ってくれるはず。

「よし、じゃあここは以上かな。次に――」

「――あ、ま、待って！」

ふいに、歩き出した僕を春珂《はるか》が止める。

「ん？　どうした？　なんか見たいところあるか？」

だいたいざっくりと、必要なところはチェックできたと思うけれど、何か見落としがあっただろうか？

……もしかして、お手洗いとか？

女子にとっては、結構お店選びの重要なポイントだろうし……。

なんて考えていると、

「……できること、できないことで気になったんだけど」

「うん」

「矢野《やの》くんには……」

と、春珂《はるか》は僕の顔を覗《のぞ》き込み、

「今……どこまでしていいの？」

「……へ？　どこまで？」

突然出てきたその言葉に、上手《うま》く理解が追いつかない。

「どういうことだ？　していいって、何の話？」

「んん……ほら、わたしたち……もう結構、色々しちゃってるでしょ？」

ちょっと言いにくそうに口ごもって。

けれど、どこか蠱惑《こわく》的な笑みを浮かべて、春珂《はるか》は言う。

「その、ちゅーしたり、ハグしたり……胸、触られちゃったり……」

「あ、ああ……」

そ、そういう話か……。いきなり話題が飛んだな……。

まあ確かに、春珂《はるか》の言う通りだ。二人を同じように大切にしていた期間、僕らはなかなか踏み込んだことをしてしまっている。

……けれど、

「でも、それがどうしたんだよ。ていうか、こんなところでそんな話……」

「それでも、大事なことなの！」

手をぎゅっと握り、春珂《はるか》は力説する。

「わたしたち、もうそういうことしちゃってるけど……今って、どこまでしていいのかなって。ちゅーOKなら、もっと毎日したいし……それ以上もOKだったら、それも……」

そして——春珂《はるか》は俺の顔を覗《のぞ》き込み。
期待と不安の入り混じった表情で、尋ねる。
「どう、かな……？」
——その問いに、深く息をついた。
女子に——しかも、春珂《はるか》にそういうことを尋ねられると、どうしても動揺してしまう。
鼓動がぐわっと加速して、頬が熱くなっていく。
そして——僕の答えなんて、決まり切っている。
だから、僕はできるだけ端的に。
はっきりと、彼女に告げる——。

「——いや、全部ダメだけど……」

「……えええええぇぇぇぇぇえええええ!?」

——春珂《はるか》が大声を上げた。
彼女らしからぬ、本気の驚きの声だった。
そのままこちらに身を乗り出すと、春珂《はるか》はマシンガンのように質問を浴びせてくる。

「ぜ、全部⁉　じゃあ、ちゅーも、身体《からだ》触ってもらうのもダメなの⁉」

「う、うん……」

「ハグくらいはOKだよね！　それくらいは、友達同士でもしたりするし……」

「や、それもダメだろ……」

「嘘《うそ》でしょ……⁉　それじゃ、手を繋《つな》いだりくっついたりしかできないじゃん⁉」

「いやむしろ、その二つもダメだと思うんだけど……」

「……」

ガクリと、春珂《はるか》はうなだれた。

その目から光は失われ、身体《からだ》中から力が抜けている……。

「な、なんで……」

そして、彼女はかすれる声でそんなことをつぶやいた。

「なんでここにきて……そんなお預けを……」

「お、お預けって……」

そんな言い方されるとは思わなかった。

自分のそういうのに、そこまで価値があるとは思えないし……。

「というか、それが普通じゃないか？　僕ら、別に付き合ってたりするわけじゃないし……前は事情があってああしてたけど、それがなくなった今は、普通にクラスメイトとして接する方が、良《い》い気がするんだけど……」

「……理屈としては、そうかもしれないけど！」

くわっと顔を上げ、春珂《はるか》は猛抗議する。

「こっちの気持ちとしては、我慢できないよ！　これはきっと、秋玻《あきは》も同じ意見だと思う！」

「そ、そうは言われても……なんか、良くない気がするし」

「そんな、なんとなくな感じなの⁉」

信じられない——と言った表情で、春珂《はるか》はこちらに一歩踏み込む。

「矢野《やの》くん、そんな軽い感じでわたしたちの気持ちを、退けるの⁉」

「か、軽い気持ちじゃないよ！　二人にも、自分自身のことを大事にしてほしいというか……」

「はいはい！　口だけじゃ何とでも言えるよ、そんなの！」

「いや、本心からそう思うんだって！」

「……ふん、いいもん！」

そこで、春珂《はるか》は一歩引き下がると腕を組んだ。

「今からわたし、秋玻《あきは》に入れ替わるんだけど……正直、すごくヒートアップしてるから！　あの子も、何かあったのかは気付くと思う！」

「そ、そうなのか……」

確かに、顔は赤いし髪はちょっと乱れてるし、息も荒めだ。

秋玻《あきは》も、直前まで自分の身体《からだ》が普通の状況じゃなかったことはすぐ気付くだろう。

「そうなれば――絶対あの子も納得しないから！　あの子も、色々したいって主張すると思うから！　それを聴いて、ちゃんと考え直してください！」

――それだけ言うと。

春珂《はるか》は小さくうつむき――秋玻《あきは》に入れ替わる。

「……あれ？　何かあったの？」

案の定、身体《からだ》の変化に気付いたらしい。

秋玻《あきは》は自分の頬や髪に手をやると、

「春珂《はるか》と……ケンカでもした？」

「いや、そうじゃないんだけどさ……」

深く息を吐き、春珂《はるか》の言う通りになったことを実感しながら。

僕は仕方なく、秋玻《あきは》に経緯の説明を始める――。

＊

「――ふうん、そうなの」

——意外にも、秋玻《あきは》の反応はそれだけだった。

納得いかない！　だとか。

理由を説明して！　だとか。

そんな風に尋ねられることも一切なく、それで彼女は引き下がった。

……まあでも、そうだよな。

秋玻《あきは》と二人、次の店に向かいながら——僕は考える。

秋玻《あきは》は、恋愛関係に関して春珂《はるか》よりも真面目なタイプだ。

僕の考えを理解してくれたところもあるんだろうし……そもそも。そこまでして、したいわけでもないんじゃないだろうか。

春珂《はるか》はあんな風に、色々求めてくれたけど……秋玻《あきは》は、シンプルにそうでもない。

ただ、それだけのことな気がする……。

そうこうしているうちに、もう一度春珂《はるか》が表に出るタイミングを挟んで（ちなみに、秋玻《あきは》のリアクションには驚いていた。「あの子も、絶対に不満なはずなのに……」とか言って）、カラオケ店に到着。

もう一度入れ替わった秋玻《あきは》と、店内に一つだけあるパーティ用の大部屋を見学させてもらう。

「ふんふん、ここはここで悪くないな……」

「そうね、防音もしっかりしてそうだし……楽しそう」

部屋を見渡しながら、僕と秋玻《あきは》はうなずき合った。

教室ほどの大きさの、黒っぽい内装の部屋。

今は備品や店外用ののぼりなんかが置いてあるけれど、当日はどけてもらえるらしい。

ちなみにもちろん、カラオケもできるし照明もムーディ。

高一の頃、こういう部屋でクラス会をやったときは大いに盛り上がった、(僕は盛り上がった振りをした)ものだった。

それから、こちらは時間制限はなしで、一時間ごとに料金が発生する形。

食事主体になりそうなファミレスに比べて、こちらはパーティ、みたいな雰囲気になりそうかな……。パリピタイプのクラスメイトは、間違いなくこっちの方がいいと考えるだろう。古《こ》暮《ぐれ》さんの一派とか。

ただ、気になる点を挙げれば――、

「席が五人がけくらいだから、グループでまとまっちゃいそうなのと……食事は、軽食程度になるところは引っかかるな」

「そうね。あとは、滞在時間によっては……ちょっと予算オーバーになるかも」

確かにそこも、微妙なラインだった。

三時間くらいであれば、なんとか予算内。

それを越えると、結構大きめに予算をオーバーする。

その辺が……どうだろう。どう判断すればいいだろう。

今日決めてしまうつもりはなかったし、クラスメイトに相談して決めていこうか……。

「……よし、とはいえ、下見は完了かな」

うん、まずは今日のミッション終了と言っていいだろう。

候補会場それぞれの雰囲気と条件は、しっかり把握できた。

どちらも一長一短という感じだから……あとはそこから、どう決めていくかだな。

「……ということで、行こうか」

テーブルに置いていた鞄《かばん》を肩にかけ、秋玻《あきは》に言う。

「どうしよ、このまま帰る？　それとも、喫茶店とか寄って行く？」

帰るにしても、ちょっと早い時間かもしれない。

お茶していく時間くらいはあるだろう……なんて思って、そう言ったのだけど、

「……秋玻《あきは》？」

なぜか秋玻《あきは》は、その場に立ち止まって一歩も動かない。

「ど、どうしたんだよ？　もしかして……体調でも悪いのか？」

「……そうじゃなくて」

消え入りそうな声で、秋玻《あきは》はそう言う。

「そうじゃないなら……どうしたんだよ？」

「……なんだか、おかしい気がする」

「……おかしい？」

尋ねる僕に――秋玻《あきは》が顔を上げる。

そして、あくまで生真面目な顔で。

学級会で議題でも上げるような口調で、こんなことを言う――。

「矢野《やの》くんと――何もしちゃいけないのは。キスしたり、抱きしめたりしちゃいけないのは、理屈が通らない気がする」

「え、ええ……」

その話、てっきり終わったんだと思っていた。

なのに、まさかまだ引っ張っていたなんて……。しかも、「理屈が通らない」ってどういうことだよ……。

……誤解してほしくないのは、僕だって別にしたくないわけじゃない、ということだ。

むしろ、したい。

したくてしょうがない、と言ってもいい。

ただ、単純にやっぱり良くないと思うのだ。

付き合ってもいない段階から、そういうことをしてしまうのは……。

だから、なんとか自分の気持ちを抑えて、断腸の思いでその申し出をお断りしている。

それなのに、

「むしろ――するべきだと思うの」

秋玻《あきは》は――ごく真面目な顔のまま。

プレゼンでもするかのように、理路整然と話を始める。

「矢野《やの》くんは、どちらに恋をしているか確認したいのよね？　自分の中にある好意が、わたしと春珂《はるか》、どっちに向けたものであるかをはっきりさせたい」

「うん……そうだな」

「そのときに、今みたいに、普通に友達として接するだけで、本当の気持ちがわかるのかしら？　わかったとしても、それが本当に正確な判断だって、言えるのかしら？」

「そ、それはどうだろう……。できるだけ、ちゃんと気持ちを探りたいって、思ってるけど……」

「だとしたら、躊躇《ちゅうちょ》しないべきじゃない？　ちゃんとわたしと触れ合って、抱きしめ合ったり、キスしたり……それ以上のこともして、そのときの気持ちについて、できるだけ正確に考えるべきじゃない？」

「え、ええ……」

そんなに論理立てて、自分と色々するべきとか言われるなんて……。

ちょっとこれ、どうすればいいんだ？

なんか微妙に、説得力を感じ始めてしまったんだけど……。

確かに、そうするのは一つの手段なのかもしれない。

色々してみた方が、自分の気持ちはわかりやすいのかも……。

そして、そんな風に揺れ始めたところで、

「……確かに、矢野《やの》くんの気持ちもわかるよ」

秋玻《あきは》は、ふいにその顔にふっと笑みを浮かべた。

そして、一歩こちらに近づくと、

「形式のうえでは、わたしたちただの友達だもんね。彼氏でも彼女でもない。この間までのことは、ちょっと特殊な状況だったからで……それがなくなった今、なし崩しにそういうことを続けるのには、抵抗があるよね」

「……うん、その通りだよ」

僕の考えを読み取ったような言葉に、思わず深くうなずいた。

「したくないとかそういうことじゃなくて、良くないと思うんだよ。あんまりそういうことの価値を下げたくないというか。お互いにとって、大事なものにしておきたいというか……」

「うんうん、よくわかるよ……」

そう言って、秋玻《あきは》は優しくうなずき返し、
そして、慈《いつく》しむような笑みを浮かべたまままもう一歩こちらに踏み出し、

「でも……だからこそ、わたしはした方が、いい気がしているところもあるの」

「……だからこそ？」

「うん。大切にしたい、特別なものであってほしいからこそ……今わたしたちは、くっついたり、キスしたりした方がいいんじゃないかって……」

「……どういうこと、だよ？」

ちょっと……話に追いつけなくなってきた。

特別であってほしいからする？　どういう理屈だ？

「そんなに難しい話じゃないよ」

そんな僕の気持ちを読んだように、もう一度秋玻《あきは》は笑う。

気付けば——彼女と僕の距離はずいぶんと縮まっている。

「そういうことできるのが一番うれしいのって、いつだろうって思ったのね。一番うれしいというか……特別、って言ってもいいかな。恋人と、パートナーとそういうことをするのが、特別に感じられるのっていつなのか……。もちろん、ずっと特別ではあってほしいよ。大人になっても結婚しても、おじいちゃんになってもおばあちゃんになっても。でも、実際はそうじゃないよね。慣れることもあるだろうし、日常にもなっていく……」

「それは……そうだろうな」

理想論で言えば『ずっと特別』なんだろう。

けれど、現実にはそうはいかない。

では——いつが一番特別なのか。いつ、一番うれしいのか。

「——付き合う前後だよ」

秋玻《あきは》は——そう断言した。

「ううん、むしろ……付き合う直前が、一番だね」

「え、そ、そうか……？」

その問いには、思わず疑問を呈さずにはいられない。

付き合う直前？　本当に？

「なんで、そんな風に思うんだよ……？」

「……付き合う前後が特別、っていうのは矢野《やの》くんも理解してくれるよね？」

「うん、まあそうだな……」

「それ以降は、どうしてもちょっと日常になっていくからね。幸せなものではあり続けるだろうけど、特別ではなくなっていく……」

「かも、しれないな……」

「じゃあ、付き合う前と後を比べてみよう。本当は、付き合う前にするのは良くないかもしれないけれど、今は一応それは置いといて」

「お、おう……」

置いとくべきではない気がしたけれど、その前提に乗ってみることにした。

「付き合った直後にするのがすごく幸せなのは、当たり前だよね？　お互い好きなんだってわかったあとなんだから、うれしいし。安心感もあって、気持ちが満たされる……」

「それは、そうだな……」

「けど、付き合う前だとそうはいかない。付き合うっていう約束をする前なんだから、本当にしていいのかな？　とか、わたしのことどう思ってるのかな？　とか、こんなことするの、本当は嫌だったかな？　とか、色んな不安が付きまとう。付き合ってても不安なことはあるだろうけど、付き合う前は一層そうだよね」

「うん……」

それは、確かにその通りだろう。

実際僕も、最初に秋玻《あきは》と付き合う前は、何をするにしても不安だらけだったし。

しかし……饒舌《じょうぜつ》だな、秋玻《あきは》。

こんなに秋玻《あきは》がぺらぺらしゃべるところ、初めて見るかもしれない……。

そして秋玻《あきは》は――、

「でも――その不安こそが」

――宣言するように言う。

「そのすべてを――特別なものにするんだよ」

「……ふむ」

「不安だからこそ、神経が研ぎ澄まされる。不安だからこそ、相手の気持ちを深く探ろうとする。不安だからこそ、相手を特別に思う……。その不安定さこそが、やりとりをかけがえのないものにする……。ちょっと感覚的な話だけど……わかってもらえるかな？」

「……うん」

正直――理解できた。

実際、秋玻《あきは》／春珂《はるか》とした色々なことも、不安があったときの方が特別感が強かった。付き合った後にするのも幸福だったけど……印象に残っているのは、関係が不安定だったときのものだ。

「だからね」

秋玻《あきは》の口調が、まとめに入るようなものになる。

「今って――まさにそういう状況でしょう？　矢野《やの》くんの気持ちはわからない。でも確かに、好意はある」

「うん……」

「つまり今が──一番、特別なことをできるタイミングなんだよ。抱きしめ合ったり、キスしたり、そういうのを特別に思えるんだよ。だから──今こそ、わたしたちはそういうことを、するべきだと思うの」

「……なるほど」

なんか……納得してしまった。

いや、なんとなく乗せられてるだけ感はあるけど……。

言いくるめられて、その気にさせられてる感はあるけれど……。

なんか、特に反論は思い浮かばない……。

「そっか、今するべきなのか……」

じゃあ……した方がいいのかもしれない。

躊躇《ちゅうちょ》せずに、恋人っぽいこと、色々した方がいいのかもしれない……。

気付けば──秋玻《あきは》はもうほとんど、僕と密着と言っていい距離の場所にいる。

その唇がすぐそばで艶《つや》めいていて、心臓が小さく跳ねた。

それに気付いているのかいないのか、

「うんうん、そうだよそうだよ」

秋玻《あきは》は満足げな笑みでうなずく。

「矢野《やの》くんの真面目なとこ、すごく好きだけど、ときどきそういうのから踏み出さないとね……」

「わかった……」

もう一度、うなずくと。

僕は秋玻《あきは》に——はっきりと言う。

「じゃあ、これからするよ、そういうこと。秋玻《あきは》にも——春珂《はるか》にも」

「……えっ？」

——秋玻《あきは》が、そんな声を上げた。

目を見開き、ぽかんとしている秋玻《あきは》——。

そして彼女は……、

「春珂《はるか》にも……するの？」

これまで縮めた距離の分ざざっと一足で退くと、そんなことを尋ねてくる。

「……え、そういうことになるよな？　秋玻《あきは》の話だと……。不安だからこそするわけで……だとしたら、それは春珂《はるか》も同じだろ？」

当然、そうなるはずだ。

秋玻《あきは》の話がその通りだとすると、春珂《はるか》だって条件は同じ。

だとしたら、彼女とも色々するべきだって話になるはず。

なのに……、

「……」

なぜか黙り込む秋玻《あきは》。

変な沈黙が、カラオケのパーティルームに満ちる。

そして、よくわからない静けさのあと——、

「……ダメ」

「……へ？」

「やっぱりダメ！」

——なぜか酷《ひど》く憤慨した様子で、秋玻《あきは》は言う。

「やっぱり——付き合ってもいないのに、そういうことはしちゃダメ！」

「え、ええ……なんでだよ⁉　ついさっきまで、全く逆のこと言ってたのに……」

「よく考えたら、さっきの理屈はおかしい！　付き合う前だけ不安みたいに言ってるけど、付き合った後だって、相手の気持ちは不安定だし不安感は消えないし、むしろ付き合った後こそ相手の気持ちを慮《おもんぱか》るべきでしょう⁉」

「あ、ああ……」

「だからやっぱり、付き合うまでは、そういうことするの良くない！」

「お、おう……」

うなずくと──秋玻《あきは》は鞄《かばん》を持ち、パーティルームを出て行く。

それに続きながら、僕はため息をつきつつ一人でこぼしてしまう──。

「な、何だったんだよ……今のやりとり……」

＊

「──じゃあ、あとはみんなに報告して、決めるだけだね」

「うん、そうなるな」

──変な雰囲気は、カラオケを出る頃には大分薄れていた。

僕と秋玻《あきは》は夕暮れの西荻《にしおぎ》を歩きながら、今後のことについて話している。

「次のホームルームで口頭で話して、またウェブサービスとかで決を採ろうか。どっちでも楽しめるのは間違いないと思うから、その辺もちゃんと話して……」

「そうね……」

と、秋玻《あきは》は一つ息を吐き出し、

「……でも、よかった。順調に決まりそうで」

「だな、順調すぎるくらいに順調だな……」

実際、こんなにスムーズなのは初めてだった。

これまでクラス会を開こうとすると、日程で揉《も》め場所で揉《も》め参加メンバーで揉《も》め、開催前に主催陣が疲弊することも少なくなかった。

ここまで引っかかることなく進められるなんて、本当にレアケースだと思う。

まあ、でも回数をこなせばこういうこともあるんだろう。

「……どういう会になるかなあ」

言いながら、当日に思いを馳《は》せるように、秋玻《あきは》が空を見上げる。

「ファミレスとかカラオケで、みんなで食事……どういう感じになるんだろう」

「きっと、楽しい会になるよ。みんなが盛り上がれる感じの」

何度もそういう経験があるから、はっきりとそう思う。

外したポイントもないし、参加者の期待感も高い。きっと楽しくなるはずだ。

しかも、特に仲が良《い》い二年四組なんだから、なおさら――。

「……そっか、そうなるといいなあ」

こちらを見て、秋玻《あきは》はどこか切なげに言う。

そして彼女は――、

「みんなにも、特別に思ってもらえるような……ずっと覚えていてもらえる会になれば……」

ひとりごとみたいに、そんな言葉を続けた。

——特別な会。

なんとなく……秋玻《あきは》のその言葉が引っかかった。

……このクラス会。秋玻《あきは》、春珂《はるか》にとっては、確かに特別な会になるのだろう。人生で初めてのクラス会。それはきっと、彼女たちにとって特別で、大切な意味を持つ。そのことは、きっと間違いないと思う。

そして、クラスメイトにとっても——良《い》い会になるのは間違いない。

雑な言い方だけど、高校生なんて、学校外で集まればそれだけで楽しいのだ。

それがクラス全体で、なんてことになればもう一大イベントなわけで……。

きっとみんな、二年四組は良《い》いクラスだったと思ってくれる。青春の一ページとして、記憶の片隅に残してくれると思う。

けれど……特別。

何だろう、そのフレーズが、妙に引っかかった。

何か、見落としているような。その言葉には、彼女の深い部分にある感情が隠されているような感覚——。

「……あぁ……」

そして——僕は気付く。

ぼんやりと、空を見上げている秋玻《あきは》。
きっと、『誰か』のことを思っている、その表情。
秋玻《あきは》と春珂《はるか》は——忘れてほしくないんだ。

自分たちの未来が不確かで。
二重人格が終わったとき、どんな自分でいるのか、確信を持てない——。
だから、二人にとって——解散会は、最後なのかもしれないんだ。
今の自分たちのままで、二年四組のクラスメイトたちと会える、最後の機会——。

——強く、思った。
絶対に、特別な会にしたい。
全員の心に刻まれる、忘れられない会にしたいと。
僕は、今の秋玻《あきは》／春珂《はるか》の存在を、永久にクラスメイトの記憶に刻みたい——。

ただ、そうなると……、
「……これで、足りてるか？」

思わず、そんな声が口からこぼれた。

「解散会。もっと、工夫がいるんじゃないか……？」

「……ど、どういうこと？」

怪訝《けげん》そうに、秋玻《あきは》が尋ねてくる。

そんな彼女に、僕は説明する。

「いや、その……もっと、今より特別にできないかって、思ったんだよ。今でも、楽しい会になると思うけど……場所借りて、食事するって、普通といえば普通なんだ」

「あ、ああ……そうなのね」

ちょっと意外そうに、秋玻《あきは》はこくこくとうなずいた。

「わたしたち、そういう経験がないからそれだけでも十分な気がしてたけど……でも、そうか。みんなそういう会は、これまでも経験してるのね……」

「そうなんだよ」

「……でも、じゃあ」

と、秋玻《あきは》が首をかしげる。

「具体的には、どうする……？　もうあんまり時間もないし、大枠から変えるわけにもいかないよね？」

「そうなんだよなあ……」

問題はそこだ。

会の開催まであと二週間ほど。

ここからすべてをひっくり返すなんてことは、さすがにちょっとできない。

「そこを、どうするかだよなあ……」

二人して、通りを歩きながら考える。

けれど、もちろんすぐに妙案なんて出てくれなくて、無言で歩みを進め続ける。

そして、そんなタイミングで、

「あ、電話……」

ポケットの中で、スマホが震えた。

取り出してみると――固定電話からの着信だ。

都内からのようだけど、誰からだろう……。

秋玻《あきは》に「ごめん」と目で伝えてから、通話ボタンを押しスマホを耳に当てる。

「……もしもし？」

恐る恐るそう尋ねると――、

「――あー、もしもしー？」

スピーカーの向こうから、聞き覚えのある男性の声がした。

「矢野《やの》くんの電話で間違いないでしょうか？」

「はい、そうですが……」

答えると——電話の向こうの人物は。

予想通りの名前を、さっくりした口調で名乗った。

「どうも、お久しぶり！　町田出版の、野々村《ののむら》九十九《つくも》です！」

[included in your life]

第三十一章
Chapter31

Bizarre Love Triangle

三角の距離は限りないゼロ

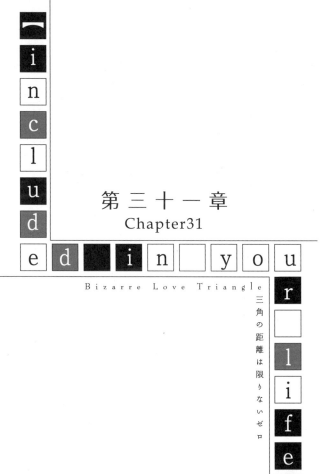

「——お、おいしい……！」

下見から数日。

夕暮れ過ぎの、日本料理店で——。

僕は、最初に出された「なんか高級そうな豆腐」を口に入れ、反射的にそんな声を漏らしてしまった。

「これ……本当に豆腐なんですか⁉　こんな、濃厚な……」

いつも食べているのとは、大違いだった。

滑らかな舌触り。確かに感じるうま味と、鼻を抜ける香ばしさ。そして、もったりとした楽しい食感……。

これは……豆腐観が変わる……。

これまでの豆腐のイメージが、全面的に書き換わる……！

同じような感想らしい。隣では、春珂《はるか》も口元に手を当て目を見開いている。

まだコースの一品目なのに……初っぱなからこんなおいしいものが出るのか。

こんな一見地味にさえ見える料理が、ここまでのレベルなのか……！

すごいな——出版社が、接待で使うようなお店は。

「多分これは、ゴマの香りだね」

「そのようだな。うん、なかなかおいしい……」

向かいにいる二人も――野々村《ののむら》さんと柊《ひいらぎ》ところさんも、言い合って満足げな顔をしていた。

――僕らがいるのは中堅出版社、町田出版の程近くにあるお店だ。

先日、作家である柊《ひいらぎ》ところさんの取材にお答えしたお礼にと、こうしてちょっとお高めの料理店に連れてきてもらっているのだ。

こういうお店での食事なんて、これまでほとんど経験がない。

テーブルマナーとかしきたりとか、なんかそういうのがあるんじゃないかと身構えてもいたけれど、ここは決してそういう感じではないようだ。

あくまでリラックスしたムードでおいしいお食事が楽しめるので、作家さんの接待なんかにもよく使われるらしい。

「ということで……改めて、先日はありがとうね」

豆腐を食べ終わりお茶を飲みながら、そう言って野々村《ののむら》さんが頭を下げる。

「矢野《やの》くんのおかげで、ところさんの新作を無事入稿することができました。いやー、本当に助かったよ！」

「いえ、こちらこそありがとうございます！　とてもいい経験ができました。なのに、こんなお店にまで連れてきてもらって……そのうえ、この子まで……」

言って、僕はちらりと春珂《はるか》に目をやる。

「本当に、よかったんですか？　取材を受けたのは、僕だけでしたが……」

――もう一人くらいなら、連れてきてくれてもいいよ。

――ほら、取材で話題になった、矢野《やの》くんとややこしい関係にある女の子とか。

――ごめん、百瀬《ももせ》に聞いちゃったんだけど、職場体験に来てた水瀬《みなせ》さんでしょ？

先日。このお食事会の連絡をいただいた際、ありがたいことに野々村《ののむら》さんからそんな提案をいただいていた。

確かに――言ってみれば、秋玻《あきは》と春珂《はるか》もある種取材に貢献したわけで。ここに呼ばれる権利は、一応あるのかもしれない。

けれど……店内を見回して、僕はやっぱり不安になってしまう。

間接照明で柔らかに照らされた個室。綺麗《きれい》な木目が目にも鮮やかな内装。ＢＧＭとして静かに流れているジャズ……。

……まあ、お高いだろう。

僕らが先日下見したようなファミレス、カラオケに比べて……間違いなくこのお店はお値段お高め。僕一人がごちそういただくのも気が引けるのに、秋玻《あきは》／春珂《はるか》までお邪魔しちゃってよかったのか……。

けれど、

「ああ、それはむしろ、わたしが野々村《ののむら》くんに誘ってほしいとお願いしたんだ」

おいしそうにビールを飲み干し、ところさんが言う。

「是非もっと、普段の矢野《やの》くんの人間関係を垣間見《かいまみ》てみたいとね。ふふふ、だからむしろ、今も取材は継続中、くらいに思っておいておくれよ。また面白い一面を見せてくれるの、期待してるよ……」

「……な、なんか怖いんですけど」

……もしかして、また先日くらいの勢いでなんか聞かれまくったりするんだろうか。それこそ、細野《ほその》や柊《ひいらぎ》さんが小説の題材にされたときみたいな感じで、根掘り葉掘り……。

あと、こんな話をされてるのに、隣できょとんとしつつ豆腐を食べ続けてる春珂《はるか》もなかなかの豪傑だな……。普段はふにゃふにゃなのに、こういうとこだけ妙に肝が据わってるんだよなあ……。

「ということで……その後はどうだい？」

話題がそっちにいったのをこれ幸いと、ところさんはこちらに身を乗り出してくる。

「最近矢野《やの》くんは、どんなことをしながら過ごしているんだい？　……表情を見る分には、色々悩みから解放されたようにも見えるけど」

「ああ……そうですね」

僕は、取材の日からこれまでのことをざっと二人に話した。

もうちょっと、モラトリアムしてみようと初めて思えたこと。

今は都内の大学に進学しようと思っていること。そのうえで、将来のことをじっくり考えようと思っていることから——つい最近の、解散会の準備のことまで。

「それで……そう、解散会がなあ……」

そこでふと——僕は思い出してしまう。

このままじゃほんと、普通の会になりそうなんだよなあ……。

なんとかしたい。なんとかしたいんだけど……どうするかなあ。どうすればいいだろう……。

このままでもそれなりに良《い》い会になってしまいそうな辺り、うかつなこともできなくて悩ましい。

「どうしたんだい？　楽しそうじゃないか、解散会」

そう尋ねるところさんは、いつの間にか頬が桃色に染まりつつある。

見れば、飲んでいるのがビールから熱燗《あつかん》に移行しているし、良《い》い感じに酔い始めてしまっているらしい。

「矢野《やの》くんは、何を不安に思っているんだい？」

「なんか……普通になりそうなんですよ」

言って——僕は春珂《はるか》を。

隣で次に運ばれてきた小さなサラダをつついている春珂《はるか》をちらりと見る。

「やっぱり、特別な会にしたいんですけど……普通のクラス会とは違う、みんなの記憶に強く残る会にしたいんですけど……なかなか、そうもいかなくて……」

「ふうん、特別ねえ……」

言いながら、ところさんはおちょこを指先でなぞっている。

「確かにそれは難しいね。奇をてらえば良いというわけでもない、全員が楽しめないといけない。そのうえでこれまでにないもの……。小説と同じだな、そこが難しい……」

——その表情が、妙に真剣で。

僕の思う「作家」のイメージそのもので。僕はこのところさんが、人気の職業作家であることを再認識する。

「……野々村《ののむら》くん的には、どうだい？」

と、ところさんは野々村《ののむら》さんに視線をやり、

「野々村《ののむら》くん、それこそそういうことを常に考える編集者だし、毎年町田の忘年会も幹事をやってるだろう？　何か、良《い》いアイデアはないかい？」

「いやあ、僕も作品ごとにそこは苦しんでますからね。忘年会も、毎年同じ運営を繰り返してるだけで、イベント全体を一から企画してるわけじゃないですし」

「ああ、まあそうか……。……ん？　でも」

と、そこでところさんは思い付いた顔になり、

「あれはすごくよかったじゃないか。ほら、百瀬《ももせ》との結婚式」

——その言葉に。

『百瀬《ももせ》との結婚式』という言葉に、ご飯に集中していた春珂《はるか》がガバッと顔を上げた。

恋バナ好きの春珂《はるか》は、これまでも野々村《ののむら》さんと千代田《ちよだ》先生の過去に異常なまでの興味を示してきた。

隙あらば千代田《ちよだ》先生に馴《な》れそめを聞き、旦那さんの画像はないんですかと詰めより、ついには町田出版での職業体験の際、野々村《ののむら》さんまで質問攻めにする有様《ありさま》だった。

二人とも、そんな春珂《はるか》の勢いにはほとほと困らされていたはず。

だから普段であれば――この話も。結婚式の話題も流しそうなものなのに、

「あれはまあ……そうですね」

久しぶりでちょっと気が緩んでいるのか。

野々村《ののむら》さんは、そんな風に話を広げてしまう。

「あのときは、色々あったからなあ……確かに、地元でも前代未聞《ぜんだいみもん》だったみたいですね、ああいう結婚式は――」

「――どんな式だったんですか⁉」

――案の定、だった。

案の定春珂《はるか》が、すさまじい勢いで食らい付いた。

箸を置き身を乗り出し――これまで見たことないほど目を輝かせ、春珂《はるか》は野々村《ののむら》さんに尋ねる。

「どんな感じの式を、野々村《ののむら》さんと千代田《ちよだ》先生は挙げたんですか⁉」

「え、ええ……」

そこでようやく――野々村《ののむら》さんも先日のことを思い出したらしい。

苦笑いで逃げの手を打とうとする。

「まあ、俺と百瀬《ももせ》の地元でやったんだけど……ちょっと市も協力してくれてさ。特別な感じにしてもらえて……」

けれど――もちろん春珂《はるか》は逃がさない。

「写真とかありますよね⁉　スマホに！」

「ん、まあ……」

「というか、動画とか色々ありますよね⁉」

「そう、だね……」

「……見せてもらえませんか⁉」

「んん……まあ、いいけど……」

ポケットからスマホを取り出しつつ、野々村《ののむら》さんはそれでも決心しきれない様子だ。

「でも、あんまり見せると百瀬《ももせ》にも怒られるんだよなあ。この間も、矢野《やの》くんに動画見せたの怒られたし……」

「……良《い》いじゃないか」

そんな野々村《ののむら》さんに、ところさんが珍しく優しい声をかける。

「百瀬《ももせ》には、わたしからも言っておくよ。そもそも、彼女のクラスの解散会のためだろう? 百瀬《ももせ》だって、そこを出し惜しみするべきじゃないと思うんだけどね」

その言葉に、野々村《ののむら》さんは深く息を吐く。

そして、

「……そうですね、まあいいか」

そう言って、スマホをいじり始める。

「じゃあ、知り合いに撮ってもらったのが結構あるから……それを見せようかな」

「やったー!」

踊り出さんばかりの勢いで、春珂《はるか》が喜びの声を上げる。

「ありがとうございます! 楽しみー……どんな式だったんだろ!?」

「……はい、こんな感じ」

しばらくスマホをいじってから。

そう言って——野々村《ののむら》さんが、画面をこちらに差し出した。

表示されているのは、動画らしい。

その小さなディスプレイには、たくさんの人に囲まれる二人の姿が映っていて、

「――わー綺麗《きれい》！　千代田《ちよだ》先生、すごく綺麗《きれい》！」

まずは、春珂《はるか》がそんなはしゃぎ声を上げた。

「ウエディングドレス……素敵ですね！　千代田《ちよだ》先生、すごく似合ってる！」

「……本当だな」

――思わず、僕も見とれてしまった。

画面の向こう、千代田《ちよだ》先生は真っ白なウエディングドレスを身にまとっている。

それが千代田《ちよだ》先生の繊細で、どこかミステリアスな雰囲気によく似合っていて……これまで、あまり意識しなかったけど。担任だからとそんな目では見ていなかったのだけど、改めて、あの人がかなりの美人であることを実感した。

さらに、

「野々村《ののむら》さんも、決まってますね。白いジャケット、すごく似合ってる……」

隣に立つ野々村《ののむら》さんも、とても凛々《りり》しいのだ。

いつもの私服姿とは違う、きりっとしたモーニングコート。

そんな二人が並んでいると、ごくごくシンプルにお似合いの二人だな、と思う。

――ただ、その動画には。

画面に映し出されている光景には――二人の格好以上に気になるポイントがある。

「これは……どこなんですか？」

視線を野々村《ののむら》さんに戻し、僕はそう尋ねた。

「教会とか、神社とか……そういう場所じゃないですよね？　野々村《ののむら》さん、どこで式を挙げたんですか？」

石造りの東屋《あずまや》のような建物。

その向こうに広がる、おそらく北海道の街と青い海――。

どう見ても屋外の、小高い山の中腹だ。

ここは一体……。

「ああ、ここはね……展望台なんだ」

野々村《ののむら》さんは、照れくさそうに答える。

「俺と百瀬《ももせ》が出会った高校の近くの、展望台。最初に百瀬《ももせ》に告白されたのが、ここでさ……」

「……へえぇ！　うわあああああああ！」

――春珂《はるか》が、今日一番の興奮顔になる。

表情や声色に、とろけそうな程滲《にじ》んでいる憧れ、うらやましさ、ときめき――。

「素敵……素敵すぎです、二人の思い出の場所で、挙式なんて……！」

両頰に手を当て、ぐいんぐいんと身をよじる春珂《はるか》。

けれど、その目はしっかりとディスプレイを捉えたままで、

「でも、こういう場所で式なんてできるんですね……。普通の公園とかと、同じような場所に見えるんですけど……」

「そうそう。だから俺たちも、最初はここで式を全部やるなんて考えてなかったんだよ」

あいかわらずちょっと恥ずかしいらしい。

お冷やを口にしつつ、野々村《ののむら》さんは息を整える。

「でも、やっぱりすごく思い入れのある場所だから、挙式、披露宴、二次会のどこかで使えたりしないかなって、市に問い合わせたんだ。そしたら……なんか、市長が乗り気になっちゃったみたいで。宇田路出身の若者同士の結婚なら、もうどーんと式で丸々使ってくれってなってさ……」

「へえ……良《い》い市長さんですね！」

「観光都市だし、なんか観光客向けのプランのテストとかも兼ねてたのかもしれないけどね……。あ、動画が次にいった、これは二次会だね」

野々村《ののむら》さんの言う通り——気付けば動画は、別のものに移っている。

今度は屋内の……おそらく普通のレストラン。

そこで行われている、二次会の様子だ。

なんとなく、こちらはイメージの通り。一度も行ったことはないけれど、多分結婚式の二次会ってこんな感じだろうな、という雰囲気のイベントが進行している。

ただ、春珂《はるか》はこれはこれでうらやましいようで、

「うわあ、いいなあ……ここにいる全員が、野々村《ののむら》さんと千代田《ちよだ》先生をお祝いしに来てるんですよね。はあ……夢みたいな空間……」

なんて、うっとり顔で画面を眺めていた。

そして——次の瞬間。

画面の中、レストラン内の照明が落ちる——。

そして、流れ出すBGMとともに——店の奥、大きなスクリーンに映像が映し出され始めた。

まずは、何やら毛布にくるまれた赤ちゃんの画像から。

その下のテロップには——「九十九《つくも》くん誕生！　××年××月××日！」なんて書かれている、

続いて表示される、別の赤ちゃんの写真。その下には「百瀬《ももせ》ちゃん誕生！　——」。

「——よくあるやつだね」

それを眺めながら、ところさんが短くそう言った。

「結婚式二次会でお決まりのコーナーだな。新郎新婦の生まれたときから出会い、今までを、映像や写真で振り返るやつ」

「お決まりの、コーナーなんですか」

画面の中で二人が成長していくのを見守りながら、僕は尋ねた。

結婚式に参加した経験なんてほとんどないし、唯一あるのもずいぶん幼い頃だ。

当時の記憶なんてないし、二次会に参加したかも怪しい。

だから、少なくとも僕にとってはこういう映像を見るのは初めてのことなのだけど……、

「ああ、わたしが参加した二次会では、十中八九このコーナーがあったかな。まあ、ベタ中のベタといったところだよ」

「そうだったんですか……」

「ただ、これがまあなかなか……」

と、ところさんはスマホに目をやり。

映し出されている——野々村《ののむら》さんと千代田《ちよだ》先生。

高校生の頃の二人に、潤んだ目を細めてみせた——。

「なかなかどうして……毎回グッときてしまうんだよな……」

「……ですね」

——ところさんの、言う通りだった。

スマホの中ではさらに時間が進み、大学時代の二人の姿が映し出されている。

これまでに比べれば大分今に近づいた。けれど、どこか若さを感じる二人の姿……。

……もちろん、僕は数分の映像を見たに過ぎない。

生まれてから今までの二人を、いくつかの静止画や動画で垣間見《かいまみ》ただけに過ぎない。

それでも……これまでの二人の軌跡と、ここから二人が結婚するという未来を思うと……なんだろう……なんか妙に、感慨深い気分に……。

……というか、

「う、うう……」

――泣いていた。

もはや、隣で映像を見ていた春珂《はるか》は、そんな声を漏らしながらテーブルの紙ナプキンで涙を拭っていた。

「よかったね……ちゃんと未来で、こうやって結ばれることができてよかったね……」

よくまあ、そこまで感情移入できるな。数分の動画で生い立ちを見てきたくらいで……。

……とはいえ、僕も気持ちはわかるのだけど。

なんかちょっと、泣きそうにもなっているのだけど……。

必死に涙をこらえていると、春珂《はるか》は――ふいにこちらを向く。

「……ん？　な、何だよ……」

何か決心したような、決意を固めたようなその表情。

なんとなく、それにドキッとしていると、

「矢野《やの》くん――これ、やろう！」

春珂《はるか》は——高揚も露《あら》わな口調で、僕にそう言った。

「解散会で、二年四組で、これやろう！」

＊

「——なるほど、思い出の写真、映像の上映ね……」

「そう、そういうこと！」

野々村《ののむら》さん、柊《ひいらぎ》ところさんと食事をした翌日。

放課後の部室で、春珂《はるか》は胸を張り深くうなずいた。

今日もこの狭い部屋には埃《ほこり》っぽい空気が沈殿し、ボロボロのハードカバーが並んだ本棚が、エイリアンのステッカーが貼られたラジカセが、まだソ連のある地球儀が——僕らを見守っている。

そんな中——春珂《はるか》はうっとりしたような表情で話を続ける。

「本当に、なんかすごく感動しちゃったよね。千代田《ちよだ》先生と野々村《ののむら》さんの、結婚式映像……。短い映像を見ただけで、なんか昔から二人を応援してたような、見守ってきたような気分になっちゃって……」

「……だな」

「でも、担任の先生の映像であれだけよかったんだから……自分たちのああいう映像を作ったら、もうほんと最高じゃない？　それをみんなで見ることができたら、一生思い出に残る解散会になるんじゃない……？」

「……確かに、そうだな」

想像するだけで、ちょっとグッときてしまった。

映像にして、これまでの一年を振り返る……。

秋玻《あきは》／春珂《はるか》と出会ってすぐ。まだクラスがちょっとよそよそしかった頃から、文化祭、修学旅行などのイベントを経て、仲良くなっていく過程をたどっていく。

「だから、是非あれを試してみたいんだけど……どうでしょう？」

「……いいね、良《い》いと思うよ」

文句なしの、名案だと思った。

ただただみんなで集まって食事するだけでなく、これまでのことを振り返る。

しかも──ちゃんと演出された映像を見ながら。

……うん。

これまでのクラス会から一歩踏み出す、良《い》いアイデアだ。

もう少し……ほんの少し、さらに追加アイデアは欲しい気がするけれど。

本当に特別にするには、もうちょっとだけ工夫が必要な気がするけれど、それはそれでまた考えよう。

まずは、そのアイデアを実現に向けて動き出してみようと思う。

「それ、採用でいこう。さっそく、映像の準備に取りかかるか」

「やった！」

春珂《はるか》が顔をほころばせ──グッとこちらに近づいてくる。

「ありがとう矢野《やの》くん！　ああ、みんなにも楽しんでもらえるといいなー……」

「ちょ、ちょっと春珂《はるか》！　近い！」

「えーだってこの部屋狭いんだもん、仕方ないじゃん……」

「いやどう見てもスペース有り余ってるだろ！　話しにくいから離れてくれって！」

「……んー……」

不満そうな顔をしつつも、春珂《はるか》は素直に距離を取ってくれる。

よかった。あんなに近くにいられると、ドキドキして考えもまとまってくれない。

「……で、さっそくなんだけど」

言って、僕はスマホを手に取ると、ライブラリを表示する。

並んでいる、日常生活の中で撮った画像や動画たち──。

「どうやって映像を作るかだよな。確か、スマホとかパソコンの映像ソフトの機能を使えば、作るの自体は難しくないはずなんだけど……素材をどうするか」

「そうだね……わたしと矢野《やの》くんが持ってる分じゃ、足りなさそうだしね」

画面をスクロールしてみるけれど……まあ、少ない。

我ながら、驚いてしまう程に日常生活で写真を撮っていない。

文化祭や修学旅行のときは、ちょこちょこ撮っているのだ。けれど、特にそういうイベントがなければ撮っていても週に一、二枚ほど。

カメラロールを上にスワイプすると、あっという間に一年遡れてしまった。

ちなみに春珂《はるか》の方は――、

「秋玻《あきは》、撮らなすぎだよー……」

スマホをチェックしながら、そんなことを言い口を尖《とが》らせている。

「わたしが出てるときには結構撮ってるんだけど……秋玻《あきは》は全然だね。だから、やっぱりちょっと……というか大分、素材不足かな」

……まあ、そうだろうな。

あの子がスマホで何かを撮影しているところなんて、ほとんど見たことがないし。

ただ……仮に秋玻《あきは》が結構撮る方だったとしても。さらに僕も、まめに日常を撮影するタイプだったとしても、正直動画を作れるほどの素材は集まらなかった気がする。

この三人だけじゃ視点が偏りすぎるしな……。

一度も映っていないクラスメイトも結構いそうだし、クラス会でみんなに見せるならその辺はまんべんなく動画に登場できるようにしたい。

「……みんなから募ってみようか？」

腕を組み、春珂《はるか》はそう言う。

「明日のホームルームとかで、全体に聞いてみる感じで」

「んー、それでもいいんだけど……」

と、僕は腕を組みちょっと考えてから、

「……ちょっと、サプライズにしたくないか？」

「……サプライズ？」

「うん。もちろん、僕らだけでなんとかするのは無理だと思うんだけど……できれば、クラス全員には言わないで、その場で急に見せられたらって……」

それが一番、グッとくる気がするのだ。

個人的には、フラッシュモブとかそういうパリピタイプのサプライズはちょっと苦手だし、あんまりそういう雰囲気にはしたくない。けれど……突然映像が流れる、という感じのサプライズであれば、クラスの皆にも喜んでもらえる気がする……。

「確かに！」

春珂《はるか》もそれには、あっさり同意してくれた。

そして、またもやこちらにずずい、と身を寄せながら。

「じゃあ……人を絞って、お願いしていく感じにしよう！　もしあれだったら、他のクラスの人にお願いしてもいいし――」

「――だから近い！　近いって！　頼むから適切な距離を保ってくれ！」

――そんなことを言い合いながら。

僕らは実際に、素材集めの協力をお願いしたい人を、順番にリストアップし始めたのだった――。

＊

「――ほうほう、二年四組の、一年間の動画……」

「なるほど……良《い》いアイデアだね」

翌日の、昼休み。

須藤《すどう》、修司《しゅうじ》にさっそく昨日の話を伝えると――彼らは若干声を顰《ひそ》めつつ、二つ返事でうなずいてくれる。

「もちろん、協力させてもらうよ……！」

「ああ、俺もだよ。写真とかは、割と持ってる方だと思うし……」

「マジか。助かるよ、ありがとう……」

好感触にほっとしつつ、僕は二人に礼を言った。

ちなみに今日、秋玻《あきは》と春珂《はるか》は検査があるらしくて同席していない。

むしろ、ここからしばらく通院続きになるらしく、数日間は僕一人で行動することになる。

なかなか大変ではあるけれど、彼女たちの状況を考えれば無理も言えない。なんとか僕だけでこの状況を切り抜けるつもりだ。

さらにいうと……会場についても、現在引き続き検討中。

映像を流すとなるとディスプレイなりスクリーンなりが必要なわけで、それを用意してもらえるかメールでファミレス、カラオケにそれぞれ問い合わせ中だ。

「ちなみにわたしのライブラリは、こんな感じ」

「おお、すごいね」

「ほんとだ、大分撮ってるな……！」

三人で、差し出された須藤《すどう》のスマホを覗《のぞ》き込んだ。

まあ——すごい量だった。

すごい量の写真、動画が、画面にずらっと並んでいた——。

日常のごく何気ない学校風景や、お弁当、イベント中の写真たち。

学校には関係ないものもかなりあって、自宅で作ったらしい料理だとか、買ったばかりなのだろうか、お洒落《しゃれ》な私服を一式着て、鏡映しに撮った須藤《すどう》自身の写真なんかも並んでいる。

これ……何百っていうか、何千ってレベルで保存されてるんじゃないか？

確かに、須藤《すどう》は日頃から結構写真撮ってるイメージだったしな。

「ありがとう……これだけあれば、かなり戦力になってくれると思う」

「ほんと？　よかったー……」

うれしげに、須藤《すどう》はツインテールをぴょこぴょこさせた。

「ちなみに、俺はこんな感じ」

「……お、修司《しゅうじ》も結構あるんだな」

——意外なことに。

クールな性格の修司《しゅうじ》にしてはちょっと予想外に、そのライブラリも写真で一杯だ。

そんなに生活の中でスマホを構えているところを見た記憶はないけれど、いつのまに撮ってたんだろ……。

「ほら俺……結構、クラスの中の色んなライングループに招待してもらってて」

俺の疑問を察知したのか、修司《しゅうじ》はそんな風に説明してくれる。

「そこでみんな、割と日常的に写真交換してるんだよ。その中でも気になるの保存したら、こんな感じになって……」

「そういうことか……。いや、マジで助かるよ、ありがとう」

「どういたしまして」

修司《しゅうじ》とうなずき合うと、改めて——二人のライブラリをもう一度眺める。

画面の中にずらっと並んでいる、僕らの過ごしてきた日常たち。

修学旅行だとか文化祭だとか、僕の記憶にも残っている印象的な風景もあれば……これはいつ撮ったんだ？　というか、いつ頃の写真？　なんて思うような、ごく普通の景色もある——。

「……しかしまー」

と、一緒にスマホを見ていた須藤《すどう》が、そんな声を上げる。

「この一年……色々あったね。いいことも、びっくりすることも、ちょっと寂しいことも……」

「だな……」

そしてそれに、修司《しゅうじ》も感慨深げに続いた。

「考えてみれば、今までの人生で一番濃厚だったかもなあ……。ほんと、あっという間だった……。須藤《すどう》じゃないけど、やっぱちょっと一区切り感はあるよな。来年から受験生だし……」

「でしょー？」

言って、親しげに修司《しゅうじ》の顔を覗《のぞ》き込む須藤《すどう》。

「だからわたし、本当にイヤなんだよ、二年生が終わるの……。クラスも割と、バラバラになりそうだしさ……」

「だな……」

言われて、僕は思い出す。

そう言えば……この二人、来年初めてクラスが別々になるんだよな。

これまでずっとそばにいたのに、ついにちょっとだけ、生活に距離ができる。

「その辺、どうなの？」

ふと気になって、僕は尋ねてみた。

「須藤《すどう》と修司《しゅうじ》は、初めてクラス別々《べつべつ》になるんだろ？　結構寂しかったりする？」

――言ってしまってから。

僕はちょっと、まずいことを聞いたかもと焦《あせ》りを覚えた。

考えてみれば、修司《しゅうじ》は今年の春、須藤《すどう》に振られているわけで。ただの仲良し二人組、ってだけじゃないわけで……。ここでの解答によっては、ちょと気まずい感じになるかも……。

けれど、

「いや、別にそんなにかな」

意外とあっさりと――修司《しゅうじ》はそう言ってのけた。

「だってもう、長い付き合いだからね。今さらそれくらいで、関係変わったりしないし。ちょっと新鮮かなってくらいだよ」

「へえ、そんなもんか……」

言いながら、ほっと胸をなで下ろした。

よかった、何か未練たらたら、みたいな感じではないようだ。

ただ――、

「……え、マジで？」

――須藤《すどう》が上げた声に。

信じられないものでも見たような声に、驚いてそちらを向いた。

「マジで修司《しゅうじ》、別に寂しくないの……？」

気付けば須藤《すどう》は――本気でショックを受けたような顔で。

大切な人に裏切られたような顔で、修司《しゅうじ》を見ている。

「わたし、結構……ていうかマジで、それにも凹《へこ》んでるんだけど」

「え……？　凹《へこ》んでる……？」

「うん。クラスバラバラになっちゃうの。本当にいやなんだけど……」

そして、須藤《すどう》は眉間にしわを寄せ、

「……修司《しゅうじ》は、そうでもないんだ」

「……い、いや！」

――修司《しゅうじ》が、聞いたことのないような慌て声を上げた。

そして、彼らしくもない早口で、

「寂しくないというよりは、別に離れるわけじゃないと思ってるだけだよ！　それこそ、本気で遠く離れるとかなら、俺もマジで凹《へこ》むと思うし！」

「でも、別にクラスが変わるのは構わないんでしょー……」

「そ、そういうわけじゃなくて……」

——なんだか、意外なやりとりだった。

須藤《すどう》が寂しがって、修司《しゅうじ》が平然としている。

これじゃまるで、須藤《すどう》の方が修司《しゅうじ》を好きだったみたいだ……。

……って、そんなこと言ってる場合じゃないな。フォローしないと。

「まあまあ、一旦落ち着けよ……」

慌てて二人の間に入って、須藤《すどう》を抑えようとする。

「そりゃまあ、修司《しゅうじ》レベルで一緒にいたなら、寂しいのも当然だけど、逆に修司《しゅうじ》はもっと安定して——」

「——修司《しゅうじ》だけじゃないし」

不満な顔を崩さないまま、須藤《すどう》はこちらを見る。

「矢野《やの》とか、秋玻《あきは》春珂《はるか》と違うクラスになるのも本当に嫌。もっと、一緒にいたかったもん」

——面食らった。

須藤《すどう》のその言葉、思いも寄らなかった、彼女の僕らに対する「思い入れ」。

親しく思ってくれているのは感じていた。大切な友人だった。

けれどまさか――こんな風に。

クラスが分かれるというそれだけで、恥ずかしげもなく寂しがってくれるなんて……。

「なのに、みんなそんな、別に構わないんだ……。わたしと別々になっても……」

「……いや、俺だってそりゃうれしくないよ、須藤《すどう》とバラバラになるのも。矢野《やの》と水瀬《みなせ》さんと違うクラスになるのも！」

「でも、さっきそんな気にならないって――」

――そんなやりとりが再開されたのを聞きながら。

なんだか僕は、またもや罪悪感を覚え始めている自分に気が付く。

須藤《すどう》は……いや、きっと彼女だけじゃない。

須藤《すどう》と修司《しゅうじ》は、僕らを親しく思ってくれている。

僕と秋玻《あきは》／春珂《はるか》を、僕自身が思っているよりもずっと、大事にしてくれている。

――なのに。

なのに僕は、二人に自分たちのことを明かしていない。

『今度話すよ』なんてぼんやりした言葉で逃げて、今自分がどんなことを思っているのか、僕らがどんな関係なのかを説明していない――。

どこかで、僕は怖がっていたのだ。

自分の情けない苦悩を知られることを。

はっきりできない自分を知られて、距離を取られることを。

――そんなことで、二人が僕を遠ざけたりしないことは、ちゃんとわかっているのに。

……もちろん、本当に言えないことだってある。

秋玻《あきは》と春珂《はるか》のプライバシーだってあるし、言う必要がないこと、聞かされて困ることだってあるだろう。実は、修司《しゅうじ》も須藤《すどう》も、別段そんなこと知りたいなんて思っていないかもしれない。

けれど――もう、このままでいる気にはなれなかった。

ぼんやりとした、心の壁を放置なんてできなかった。

「……あのさ」

気付けば――僕は、言い合う二人にそう切り出していた。

そして――、

「――秋玻《あきは》と春珂《はるか》に、選んでほしいって言われたんだ」

「……へ？」

「ん……？」

それまでの応酬にカットインされ、ぽかんとしている修司《しゅうじ》と須藤《すどう》。

そんな二人に、僕は言葉を続ける。

「僕がどっちのことを好きなのか、はっきりしてほしいって。秋玻《あきは》と春珂《はるか》、どちらか一人を選んでほしいって言われたんだ」

——その場に降りる、短い沈黙。

周囲の談笑の声が、昼の校内放送が、フィルターがかかったみたいに遠くに聞こえる。

「……そ、その好きっていうのは」

目を見開いたままの須藤《すどう》の隣で、修司《しゅうじ》が恐る恐る、といった様子で声を上げた。

「恋愛的な意味で好き、ってこと？　何かこう、友情的な意味ではなく……」

「うん、そうだよ。僕、秋玻《あきは》と春珂《はるか》、どちらかを好きなのは間違いないんだけど……それが、どっちに対する感情なのかわかんなくて。一時期は、それでもいいって言われてたんだけど……この間、ついに言われたんだ。選んでほしいって」

「……そ、そっか」

「それを今——言いたいと思ったんだ。二人には、隠すのをもうやめたいって、思ったんだ」

「う、うん……」

それだけ言って、黙り込む修司《しゅうじ》。

……やっぱり、迷惑だっただろうか。こんなこと、知りたくもなかっただろうか。

変な使命感に駆られて、隠し事は良くないなんて思い込んで、脈絡もなくぶち込んでしまったけれど……そんなのこっちの都合でしかない。

二人にとってはそんなこと、全然興味がなかったかも……。

あいかわらず、こちらをぽかんと見ている須藤《すどう》。

けれど──彼女は数秒の間を開けて、

「……んはあああぁぁぁあああ！」

そんな声を上げながら──その場に崩れ落ちた。

「……え、ど、どうしたんだよお前！　だ、大丈夫か⁉」

体調不良⁉　なんか、虫が背中に入ったとか⁉

慌てて彼女の横にしゃがみ込むと、須藤《すどう》は天を仰ぐようにして──、

「……やっと教えてくれた！」

「……え？」

「やっと、今どんな感じか教えてくれた！　あああああぁぁぁ……！　そういう状態なのか！　はあああああ！」

「……どういうこと？」

「……実はさ」

隣の修司《しゅうじ》が、苦笑交じりに解説してくれる。

「俺と須藤《すどう》……ていうか、細野《ほその》も柊《ひいらぎ》さんも。ずっと、矢野《やの》と水瀬《みなせ》さんが、どんな感じなのか気になってたんだよ」

「そ、そうだったのか……？」

「うん、いや、なんか色々あるのは見ててわかったし、付き合ったり別れたりしてるのもわかったけど……どうなってるんだろうって。四人で会う度に、その話題で盛り上がるくらいで……」

「マ、マジかよ……」

そんなの、全然気付いてなかった……。

まさか、そこまで気にしてくれていたなんて……。

「でも……聞いちゃダメかなって思ったんだ。繊細な話だろうし、個人的なことに踏み入っちゃうし……」

「そう！　そうなの！」

そこでようやく普段の勢いを取り戻し、須藤《すどう》がおもちゃの人形みたいにこくこくうなずいた。

「いやもう……二重人格って事情があるじゃない。だから、絶対秋玻《あきは》と春珂《はるか》のこと傷つけたく

なかったし、変なこと言って、落ち込ませたくもなかったし……。けどまーね。ほんとこう、どうなってるんだろうって。今関係はどんな感じなんだろうって、マジ気になりまくってた……」

「そ、そっか……」

「だから——うん、待ってたよ」

うなずくと——須藤《すどう》は頬をほころばせ。

プレゼントをもらった子供みたいな顔で、僕にこう言った。

「こうやって、話してくれるの……わたし、ずっと待ってた！」

「……なるほど、そういう感じだったんだ」

「それは、なかなか大変だな……」

——これまで、秋玻《あきは》と春珂《はるか》、僕の間にあったことを。

大まかな流れを説明すると——修司《しゅうじ》と須藤は、深く息を吐き出した。

長い物語を読み終えたあとのような、大作映画を見たあとのような、ちょっと呆《ほう》けた表情。

でもまあ……それも仕方がないかもしれない。

僕と彼女たちの間には、かなり色んなことが——荒唐無稽とも言えるようなことが、たくさん起きたわけだし。

彼女たちの未来については――あいかわらずぼやかしてある。

――春珂《はるか》が消えるかもしれないと言われたこと。

――今だって、その前提は生きているかもしれないこと。

そこだけは、話が深刻になりすぎる。伝えるにしても、こんな流れではなくきちんと準備をしてからにしたい。

それでも……説明自体は問題なくできたと思う。

僕と秋玻《あきは》、春珂《はるか》の現状については、十分に伝わったはずだ。

――ちなみに。

二人に話す前に、秋玻《あきは》には電話で事前に確認を取っておいた。

この件は僕だけの話ではないし、ちゃんともう一方の当事者にも確認をしておきたい。

ただ――秋玻《あきは》としては、僕が修司《しゅうじ》たちにこれまでのことを明かしていなかったことが、むしろ意外だったらしい。秋玻《あきは》も春珂《はるか》も当然、僕が色々話しているものと考えていたようで、

『えっ……言ってないの⁉』

『それは、全然構わないよ！』

『むしろ、知り合いには、ちょっとわたしたちも相談したいくらいかも……』

『……というか、矢野《やの》くん本当に、一人で抱えてくれてたんだね。ごめんね……』

なんて、謝られてしまった。

どうやら、二人の中では僕が思うほど、自分たちの現状は秘密なわけでもなかったらしい。

そのことには、まずは少しほっとした。

「……それで、意見を聞きたいんだけど」

そして——僕は、もう一歩踏み出してみる。

せっかく、こうして僕らのこれまでを明かすことができたんだ。

二人の考えを、聞いてみたい。

秋玻《あきは》が言っていたように、相談してみたい——。

「二人が見てて……どうだった？　僕は、秋玻《あきは》と春珂《はるか》、どっちのことを好きだったように見えた？」

「……ああ〜……」

その問いに——須藤《すどう》は腕を組み、難しい顔になる。

「それは……マジで難しい問題だね……」

「だな……」

隣の修司《しゅうじ》も、あごに手を当て思案顔になる。

「俺はやっぱ、最初の経緯があったから、矢野《やの》は秋玻《あきは》ちゃんの方を好きって印象があったけど……最近は、割と拮抗《きっこう》してる感じだったかも……」

「そっか……」

二人のリアクションを受けて、僕は深く息を吐き出した。

「そうなのか……須藤《すどう》と修司《しゅうじ》から見ても、そこは微妙なところだったのか……」

「だねえ。本当に矢野《やの》と秋玻《あきは》と春珂《はるか》、ものすごく仲良かったし……。しかもさ、あの子たちどっちもすんごいかわいこちゃんだから……」

「かわいこちゃんて……言い方昭和かよ……」

「マブいチャンネーだから……」

「だから昭和かよ……」

とはいえ須藤《すどう》の言う通り、同じ身体《からだ》を共有しているのだから、二人ともルックス的な条件が同じなのは事実だ。当然の流れとして、問題は完全に内面のことになってくる。

「だからマジな話、本当にギリギリなんだけど……」

と、須藤《すどう》は眉間に深いしわを寄せ。

もう一度、うーんとうなってから——、

「……わたしは、春珂《はるか》かな。矢野《やの》は、春珂《はるか》が好きに見えたかも」

——絞り出すような声で、そう言った。

「ふむ……それはなんか、理由ってあったりする？」

「春珂《はるか》といるときの方が、笑うことが多かったかなって。秋玻《あきは》といるときももちろん楽しそうだったけど、純粋に笑顔が多かったのは、春珂《はるか》といたときな気がするから……。うん、わたしだったら、一緒にいて楽しい人を好きになると思うし」

「そっか……」

須藤《すどう》らしい答えだな、と思う。

一緒にいて楽しい人が好き。それは確かに重要な要素だろうし、僕としてもちょっと共感してしまう。

それに実際――春珂《はるか》といるのは楽しかった。

明るくて、どこか抜けた彼女といる時間は、とても幸せで楽しいものだった。

……まあ、隣の修司《しゆうじ》が。

楽しい人を好きになる、ってセリフの瞬間に、ちょっとピクッとしたのが気になったけど。

やっぱりこいつも、別に須藤《すどう》を好きじゃなくなったわけじゃないんだろうな……。

そんな彼に、

「……修司《しゆうじ》はどう？」

僕は改めてそう尋ねる。

「今は修司《しゆうじ》から見て、僕は秋玻《あきは》と春珂《はるか》、どっちが好きそうに見えた？」

「俺は……そうだなあ……」

と、もう一度腕を組み眉を寄せ、

「……やっぱりギリギリで、今も秋玻《あきは》ちゃんかな」

　思案顔を解かないままそう言う。

「確かに、春珂《はるか》ちゃんといるときの方が、楽しそうだったよな。けど矢野《やの》は……もっと自分と近い人といる方が、幸せなんじゃないかって気がしたんだよな。秋玻《あきは》ちゃん、そういう意味では矢野《やの》の理解者だったと思うし……一緒にいるときも、安心してる感じだったし……」

「……ああ、なるほど」

　それもまた、説得力のある意見だった。

　確かに――僕は秋玻《あきは》といると、安心ができた。

　好みの面や思考の面で、僕と秋玻《あきは》は近いところがある。

　そんな彼女と話すのは、心を通わせるのは、僕にとってとても幸福だった。

「でも」

　と、修司《しゅうじ》はそう前置きし、

「そのうえで、矢野《やの》が春珂《はるか》ちゃんを好きだったって言っても、全然違和感はないよ。本当に良い子だし、お似合いだとも思うし」

「あ、それはわたしもそう！」

　勢いよく、須藤《すどう》が身を乗り出す。

「わたしも、春珂《はるか》じゃないかって思うけど、秋玻《あきは》って言われたらそれはそれで納得できる！」

「だよな。だから……」

言うと、修司《しゅうじ》はその表情を崩し、

「よかったら……今後も色々、相談してくれよ。できるだけ、力になれればと思うから」

「そうそう！　恋愛のことなら須藤《すどう》先生にお任せだよ！　一時間五千円からご相談承ってます！」

「いやそれ、お金取るのかよ！」

思わず笑ってしまいながら、須藤《すどう》にツッコミを入れた。

……本当に、ありがたいな。

こんな風に、親身になってくれる友人がいる。

こんなにも面倒で、ややもすれば重たい相談に、本気で答えてくれる。

それに――二人がくれた返答。なんだか、視界が開けたような気分だ。

もちろん、まだ答えは出ていない。二人が教えてくれたのは、彼らから見た印象でしかない。

けれど、自分一人でぐるぐる考えていたものに、友達の目という視点が加わった。

おかげで少しだけ、確かなこと、そうでないことが見えてきたような気がする。

仄《ほの》かに感じる、答えに届きそうな手応え。

少しずつ、回答に向かって前進し始めた感触――。

「……ありがとな」

改めて、僕は二人に礼を言った。

「素材の件も、相談の件もありがと。助かったよ」

「いえいえー、お安い御用だよ！」

「むしろ、話してくれて、こっちこそありがとう」

「そうそう、わたしもうれしかった！」

――そんな風に、笑う二人を見ながら。

僕は――小さく決意した。

もう少し、人に話してみよう。

信頼できる友人に、相談を持ちかけてみよう、と――。

「Raspberryみたいな曲が書けたら」

第三十二章
Chapter32

Bizarre Love Triangle

三角の距離は限りないゼロ

「──あー、おっけおっけー！　わたしそれなら、大分力になれると思う！」

──数日後の放課後。

廊下で古暮《こぐれ》さんにサプライズ動画の件を持ちかけると──彼女はどこかうれしげに、そう答えてくれた。

「わたし結構こまめに写真撮ってきたし、動画も割とあるし」

「本当に？　それはすごく助かるよ……」

「まあ、HRでも協力するって言ったしね。あとほら、うちの父親、カメラが好きでさ。文化祭とか、一眼レフで色々撮ってたから、スマホより良《い》い感じのやつも出せると思う！」

「おお、一眼レフ！」

──古暮千景《こぐれちかげ》さん。

二年四組でも派手グループに属する、ちょっと強気なタイプの女子だ。

去年の春、修司《しゅうじ》に振られるところをうっかり目撃してしまったのを始めとして、文化祭、修学旅行とこれまで何度も関わりを持ってきた。

人との交流のあまりない僕にとって、クラスにいる数少ない「友人」と呼べる生徒だし、ときおり最近も雑談くらいはするし──須藤《すどう》たちの次に声をかけるなら、彼女かなと思ったのだ。

流れによっては、秋玻《あきは》と春珂《はるか》のことも、相談してみてもいいかもしれない。

……にしても、一眼レフ。これは楽しみだ……。

画像の質にはこだわらないつもりだったけれど、いい写真があれば大事なポイントでスポット的に使えるだろう。

さらに、

「あ～、矢野《やの》ちゃん、じゃあわたしもそれ、協力しましょうか～？」

一緒に帰るつもりだったのか、古暮《こぐれ》さんの隣にいた女子。

彼女のいとこにして、トラックメイカー『Ｏｍｏｃｈｉ』としても有名な同級生、菅原未玖《すがわらみく》さんまで、そんなことを言ってくれる。

「え、いいの……？　Ｏｍｏｃｈｉさん、そんなに写真とか撮ってない印象だったけど……」

「それがわたし、文化祭以降なんか同学年のオタク友達が増えましてて～」

言って、Ｏｍｏｃｈｉさんはその顔ににへらと笑みを浮かべる。

「ぶっちゃけ、割とオタサーの姫状態なんですよ～」

「あ、そ、そうなんだ……」

オタサーの姫……。その言葉をリアルで聞くの、初めてだな。

しかも、Ｏｍｏｃｈｉさんそれを自称していくのか……。

「だから、その騎士団諸君にお願いすれば、まあまあ写真集まると思います～」

「そ、そっか……ありがとう」

な、なんか……そういうルートで写真が集まるのも、ちょっとどうなんだという気持ちはあるけれど。でも、協力しようという気持ちはありがたいし、素材も多いに越したことはない。

「二人とも……本当に助かるよ」

「いやいや、お安い御用だよ」

「ええ、任せてください～」

——そんなことを言い合って。

よかった、これでまた一歩前進だ、なんて安心していたところで、

「……ちなみに今日、秋玻《あきは》春珂《はるか》は？」

辺りを見回して、古暮《こぐれ》さんがそう尋ねてくる。

「一緒に仕事してないの？」

「うん、最近検査とかで忙しいらしくて。しばらく一人でずっと動いてるんだ」

「へー、大変だね。まあ、検査なら仕方ないけど」

「だね。まあもうすぐ戻ってくるし、それまでの辛抱だよ」

「おーがんばれー。なんかあったら、言ってくれれば手伝うし。あとさー、ちょっと気になったんだけど——」

そう前置きすると——なんてことない口調で。

普通の雑談みたいなテンションで、古暮《こぐれ》さんがこんなことを尋《たず》ねてくる。

「最近矢野《やの》──秋玻《あきは》とヤった？」

「……は？」

「いやだから、ついに初体験した？」

「…………はぁ⁉」

──大きな声を出してしまった。

理解のための一瞬の間を置いてから、本気の大声を上げてしまった。

だって……ヤった⁉　初体験⁉

「な、なんでいきなり……そんな⁉」

「え、だってさあ、なんか最近秋玻《あきは》が妙にかわいいんだよね」

こっちの狼狽《ろうばい》なんてもろともせず、しれっとした顔で古暮《こぐれ》さんは言う。

「すげえ色気ある感じになってるし。だからもうこりゃ、一発やったんだろうなと思って。実際どうなんだろうと思って」

「……」

思わず絶句してしまう。

……いやまあ、確かに綺麗《きれい》になったけど。

ここしばらくで、秋玻《あきは》はめっきりかわいくなったけど、なんでそれが初体験とかそういう話に直結するんだよ……。発想がおかしいだろこの人も……。

動揺しつつ呆《あき》れつつ、なんとか事情を説明しようと口を開くけれど、

「……あ！　そう言えばわたしも気になってたんですけど～」

僕より先に、Ｏｍｏｃｈｉさんまで思い出したような声を上げる。

「秋玻《あきは》ちゃんと春珂《はるか》ちゃんって、今多分三十分もしないくらいで入れ替わるでしょう？」

「……ああ、うん、まあそうだね」

「てことは、そういう行為中に入れ替わっちゃう可能性もあるわけですよね～」

「……!?」

「それって、どえらいことになりません？　入れ替わったら、いきなり自分の身体《からだ》がそういうことしてるって状態になるわけでね～」

「確かに。矢野《やの》がよっぽど早いとかじゃないと、絶対終わらないもんねそんな短い時間じゃ」

「それって、どうしてるんですか？　もしかして、もうその辺割り切って普通に三人で――」

「――ちょちょちょ、ちょっと待てって！」

どんどんエスカレートする話に、慌てて割って入った。

「二人とも……何言ってるんだよ！　べ、別に僕ら、そういうことしてないし……割り切ってとか、そんな……」

「あれ、そうだったんですか～」

「てっきり、今回こそはヤっただろうなと本気で思ってたわ」

本気で意外そうな二人だった。

何なんだ……なんでこの人たち、そんなさらっとそういうところにぶっ込めるんだ……。

それに……、

「……二人には、僕らがどういう関係に見えてたんだよ」

「え？　ただれた関係」

「ですね～」

……酷《ひど》い言いようだな、マジで。

とはいえまあ……一時期、それに近い状況になってしまったことはあるけど。

だから、こっちとしてもあんまり反論できないんだけど……。

そう言って、Ｏｍｏｃｈｉさんは僕の顔を覗《のぞ》き込んでくる。

「ただそうなると～」

「今三人ってどういう感じなんですか～？」

……まあ、そういう話になるよな。

「あの文化祭から大分経《た》ったのに、なんかまだはっきりしない感じですよね？」

「ね？　どうなってんの？　まだなんか、もじもじ悩んでんの？」

「ああ、そ、それは……」

ちょっと口ごもってから……僕は決心する。

……まあ、こうなったら話すか。

この二人も、大切な僕の友人だ。そのうえ自分とは、タイプも考えも違うし——自分では思い付かないような意見をもらえるかもしれない。

「……実は、ちょっと色々あってさ」

そう前置きすると。僕は二人に、手短に事情を説明し始める。

「……へえー、なるほどね」

「ふむ～。今、そういう感じだったんですか～」

廊下で話すのもね……ということで、二人とやってきた自販機コーナー前。

須藤《すどう》、修司《しゅうじ》にしたのと同じように事情を明かすと——古暮《こぐれ》さん、Ｏｍｏｃｈｉさんはそろって背もたれに体重を預けた。

「いやー、思った以上に込み入ってんな」

腕を組みちょっと困ったように笑い、古暮《こぐれ》さんはそう言う。

「まあ、ざっくりは旅行のとき知ったし、今もまた色々あるんだろうなと思ってたけど。そんなややこしいことになってたかー」

「わたしも、ある程度秋玻《あきは》ちゃんに聞いてましたけど〜」

そう言って、Ｏｍｏｃｈｉさんは買ったばかりの紙パックジュースを飲み干す。

「ついに最終局面って感じですね。大切な女の子が二人、どっちを選ぶかみたいな」

——二人とも、修司《しゅうじ》や須藤《すどう》よりは気軽なリアクションだった。

真剣には受け止めてくれているけれど、あくまでテンションはフラット。

おかげで、僕も少しだけ気分が軽くなって、雑談くらいの気分で二人に返す。

「そうだね。ここまで色々あったけど、ついにそういう時期が来たのかなって」

二人が言う通り、これまでも古暮《こぐれ》さん、Ｏｍｏｃｈｉさんには僕らがどんな関係にあるかをなんとなく伝える機会があった。

まずは文化祭のとき。

Ｏｍｏｃｈｉさんが秋玻《あきは》の声を気に入り、彼女をイメージして曲を作ったとき。

あのとき、秋玻《あきは》は自分の気持ちやそれまでのことをＯｍｏｃｈｉさんに明かしたらしかったし、結果として完成した曲は、秋玻《あきは》によく似合うすばらしい仕上がりだった。

それから、修学旅行のとき。

ぼんやりしてしまった僕をなんとかするため、古暮《こぐれ》さんとＯｍｏｃｈｉさんは秋玻《あきは》、春珂《はるか》に協力してくれた。そのときに、ざっくりした事情は知ったらしい。

その頃もずいぶんと僕らの関係はややこしいことになっていたけれど、それからまた数ヶ月。

状況は大きく変わった。

だから——僕は、相談してみたいと思う。

「——どっちのことが、好きに見えた？」

二人に、端的にそう切り出す。

「古暮《こぐれ》さん、Ｏｍｏｃｈｉさんから見て、僕はどっちのことが好きに見えた？」

「やー秋玻《あきは》でしょ」

——即答だった、
僕の問いに——古暮《こぐれ》さんが即答した。

「わたしは申し訳ないけど、春珂《はるか》の可能性はないと思う。秋玻《あきは》だよ」

「へえ、それはどうして？」

そこまで即答するほどの理由があるようには、見えていなかった。

確かに、古暮《こぐれ》さんはこういうことでふらふらと悩むタイプではないだろうし、秋玻《あきは》と春珂《はるか》、どちらかといえば秋玻《あきは》と気が合いそうな気もする。

けれど、こんなにすぐ答えが返ってくるなんて。

「実はさー」

言いながら、古暮《こぐれ》さんは空になった紙パックをぽいっとくずかごに捨てる。

「わたしあの子が、秋玻《あきは》がちょっと苦手だったんだわ」

「そ、そうだったの……⁉」

「うん。修学旅行のとき、本人にも話したけど。矢野《やの》っていう彼氏がいるときも、なんかいつも物憂《ものう》げだったし。自分から矢野《やの》を振ったあとも、なんか矢野《やの》を気にしまくってる感じだし、どうなってるんだよって」

「ああ……まあそうも思うのか」

確かに、傍《はた》から見ればそんな感想も出るのかもしれない。

何いつまで悩んでるんだよ、みたいな。

「でも、修学旅行のとき結構話して。なんか、見方が変わったんだよね。ああ、この子はわたしとは違う方法で一生懸命なんだろうなって。めちゃくちゃ真面目に生きてるから、こうなってんのかなーって。そういうの、いいなって思ったし、矢野《やの》とも似合うなって思った。だから、うん。わたしは、秋玻派《あきはは》」

「……そっか、ありがと」

なんだか、我がことのようにうれしかった。

秋玻《あきは》がそんな風に評価されるのが。あの子のあり方が、ちょっと違うタイプである古暮《こぐれ》さんから、好意的に見られているのが。

「逆にわたしは、春珂《はるか》ちゃん派ですかねー」

Ｏｍｏｃｈｉさんが、古暮《こぐれ》さんに続く。

「……へぇ、それもちょっと意外だな」

言いながら、思わずちょっと身を乗り出した。

「秋玻《あきは》のこと、ずいぶん気に入ってたし、曲まで作ったわけで。なのに、なんで春珂《はるか》？」

「秋玻《あきは》ちゃんは、触れがたいタイプの良さなんですよね～」

憧れのアイドルについてでも語るみたいに、Ｏｍｏｃｈｉさんはにへらと笑う。

「音楽でいうと、計算し尽くされ、それでも進化を続けるミニマルテクノみたいな。わたしは、そういう美しさが本当に大好きですし、彼女のあり方を愛おしいとすら思っていますし、個人的にはもうファンってレベルですよ～。でも～……」

と、そこでＯｍｏｃｈｉさんは困ったように眉を寄せ、

「……それって、ちょっと怖いんですよね～。わたしがそばにいることで、その美しさが濁らないかって。わたしがそれを壊してしまわないかって」

「……あー、わかるかも」

Ｏｍｏｃｈｉさんの言う通り、秋玻《あきは》は繊細だ。人の言葉に大きく影響を受けるし、世の中の様々なことに敏感に反応する。

だから――そこにプレッシャーを感じる気持ちは、わからなくもない。

「逆に春珂《はるか》ちゃんは、タフですよね。ふわっとしてるようで揺るがないですし、メンタルも強いですすし。わたし、メンブレしまくりのタイプですから、そして矢野《やの》ちゃんも、ちょっとそう

いうとこあると思いますから。春珂《はるか》ちゃんの方が、好きになりやすいんじゃないかって思うんです～」

「なるほどね」

二人の言葉を受けて――。

肩の力の抜けた意見を受けて――僕はうなずく。

「うん、そっか、ありがとう。すごく参考になったよ」

そんな僕に、古暮《こぐれ》さんもＯｍｏｃｈｉさんも軽い笑みで返してくれた。

「いやいや、解散会準備してもらってるし。これくらいお安い御用だよ」

「お力になれました～？」

「うん。すごく参考になったよ、本当にありがとう」

一層、答えが近づいた気がした。

二人の意見を耳にして、それが頭に収まっていく度、自分の中の気持ちがはっきりしていく。

……よし。

あと少し。あと少し、こんな感じでみんなに意見を聞いてみよう。

きっとそうすれば、確実に、着実に自分の気持ちを探っていけるはず。

――そう思ったのだけど。

＊

「──だから、そういうつもりじゃないって！　なんでそんな受け取り方するんだよ！」

「──でも、そうとしか思えない……！　そういう言い方されたら！」

「ま、まあまあ！　二人とも落ち着いて！」

その翌日。昼休み。中庭のベンチにて。

なぜか僕は──ケンカの仲裁をしていた。

友人である細野《ほその》と柊《ひいらぎ》さん。彼らの痴話ゲンカの仲裁を……。

「ほら、行き違いがあっただけだって！」

言いながら、双方の背中に手をやりなんとか落ち着かせようとする。

「ちょっと、言葉の選び方が引っかかっただけでしょう？　だから、一旦冷静になろ──」

──けれど。むしろその言葉で、言い合いはヒートアップしてしまう。

「──別に俺、変なこと言ってないだろ！　なのに柊《ひいらぎ》がそれを……」

「──でも、彼女の前で言うことじゃないじゃない……！　デリカシーない！」

「──デリカシーとか以前にちゃんと言葉を──」

……なんでこんなことに。

こんなことしてる場合じゃないはずなのに、なんでこんな……。

今すぐ逃げ出したくなる。二人をほっぽって、解散会の仕事をしたくなる。

けれど、そういうわけにはいかない。

なぜなら——、

「やっぱりそうなんだ！」

柊《ひいらぎ》さんは——目に涙をいっぱいに溜《た》めて、細野《ほその》を糾弾する。

「細野《ほその》くん——本当はわたしより、秋玻《あきは》ちゃんの方がかわいいと思ってるんだ！」

「そうじゃねえって！　あの二人で比べれば、俺はどっちかっていうと秋玻《あきは》さんってだけで……」

——僕のせいなのだ。

僕が動画の資料をもらいつつ、例の『秋玻《あきは》と春珂《はるか》、どっちを好きなんだと思う？』という質問をぶつけてみたところ——柊《ひいらぎ》さんは春珂《はるか》を、細野《ほその》は秋玻《あきは》を推した。

そこまでは、まあいい。二人とも真剣に考えてくれたし、雰囲気も和やかだった。

けれど、その理由として、様々二人が語ってくれた途中。

細野《ほその》が何気なく放った言葉。

「——だから俺には、秋玻《あきは》さんの方が綺麗《きれい》に見えて」

それが——悪い方向に転がった。

むっとする柊《ひいらぎ》さん。

気付かず話し続ける細野《ほその》。

不自然に話を変えようとし始める柊《ひいらぎ》さん。

意図に気付かず元の話を続けようとする細野《ほその》。

結果――爆発した。

柊《ひいらぎ》さんが、我慢しきれずに爆発してしまった。

曰《いわ》く、

「そんなに秋玻《あきは》ちゃんを綺麗綺麗《きれいきれい》って……だったら、秋玻《あきは》ちゃんと付き合えばいいじゃない……！」

……まあ、ベタだ。ベタな痴話ゲンカの始まりだった。

けれど、当人たちにしてみれば本気も本気。

ベタだろうとマニアックだろうと、シビアな言い合いが始まる。

そして巻き込まれた側としても、適当にあしらうわけにはいかない――。

僕はなんとか頭を回し、二人の言い分を頭の中で反芻《はんすう》。

「ちょ、ちょっと確認なんだけど！」

二人を押しとどめながら、僕は細野《ほその》に確認する。

「細野《ほその》はあくまで……秋玻《あきは》が綺麗《きれい》に見える、ってだけなんだよな？　そこに好意があるとかじやなくて、客観的に綺麗《きれい》だと思うっていう」

「そうだよ！　本当にただそれだけだよ！」

憤慨の表情を崩さないままで、細野《ほその》は深くうなずいた。

「別に、そう思うのは普通のことだろ⁉　なのに、何が悪いんだよ！」

「まあまあ、だから落ち着けって！　で……柊《ひいらぎ》さん」

今度は、僕は柊《ひいらぎ》さんの方を向き、

「別に柊《ひいらぎ》さんも、綺麗《きれい》って思うこと自体が、そんなにイヤってわけでもないんだよね？　今怒ってるのは、そこじゃないというか……」

「うん……。わたしも、秋玻《あきは》ちゃんは綺麗《きれい》だと思うもん。ちょっと焼き餅は焼くけど、それ自体は仕方ないというか……」

――やっぱり、そういうことだろう。

柊《ひいらぎ》さんがイヤだったのは、細野《ほその》がそう思ったこと、それを口に出したことというより……そのやり方だ。

ただ――ここで細野《ほその》にそれを咎《とが》めてもどうにもならない。

二人に必要なのは――、

「じゃあ、細野《ほその》に確認なんだけど」

と、僕は細野《ほその》の方を向き、

「細野《ほその》は秋玻《あきは》と柊《ひいらぎ》さんだったら、どっちが綺麗《きれい》だと思う?」

「……え?」

細野《ほその》が——あからさまに面食らった。

向けられた質問に目を泳がせ、その頬を桃色に染める。

こいつにしては、珍しい動揺の仕方だ。

けれど、僕は逃がさない。

「どうなんだよ? 秋玻《あきは》と柊《ひいらぎ》さん、どっちが綺麗《きれい》だと思う? 僕の前だからって遠慮しなくていいよ、あくまで個人の感想だし、気にしないから」

「そっ、それは……」

そう言ってから、口ごもる細野《ほその》。

逃げ場でも探すように、彼は視線を僕から外す。

そして、息の詰まるような静けさを経て、

「……柊《ひいらぎ》に、決まってるだろ……」

消え入りそうな声で、観念したようにそう言った。

「そりゃ、比べれば、断然柊《ひいらぎ》だよ……。ほんと、矢野《やの》には悪いけど……」

その言葉に——柊《ひいらぎ》さんが目を見開く。

それに気付いているのかいないのか、細野《ほその》は言葉を続け——、

「というか……秋玻《あきは》さんを綺麗《きれい》に思うのも、どっちかっていうとあの子の方が……柊《ひいらぎ》に似てるからで……俺の中で、基準はそれしかないというか……」

「……ふ、ふうん……」

──黙っていた柊《ひいらぎ》さんが、そんな声を上げた。

「そ、そういう感じ、だったんだ……」

「うん、そうだよ……。柊《ひいらぎ》も、その辺はわかってくれてると思って……柊《ひいらぎ》が一番だって、前提で……色々話したつもりだったんだけど……」

「そ、そっか……。わたしが一番……」

「うん……当たり前だろ、そうじゃなきゃ、付き合わないし……」

「……そっか」

……。

……。

……。

……何なんでしょう。

何なんだろうな、この二人。

さっきまでの雰囲気とは打って変わって、もじもじいちゃいちゃし始めて……。

これ僕、どんな顔でこのやりとりを眺めればいいんだ。

……いやまあ、僕が仕向けたんだけど。

僕がこうなるように、話を持っていったんだけどさ……。

ただ——ため息をつきつつも。

僕はふと、このバカップルを眺めていてあることが気になった。

だから、

「……そう言えば」

思い切って、切り出してみることにした。

「どうして二人は……お互いのことを、そんな風に大事なんだって確信できたんだ？」

——その問いに。

もじもじしていた彼らがこちらを向く。

「ケンカはすることはあるけど、自分の相手に対する気持ちは疑ってないだろ？　どうして、自分が相手のことを好きだって、はっきり思えたんだ？　それって、何かきっかけがあったのかな？」

——どうしても、それが気になった。

自分の好意の行き先がわからない僕と違って、二人ははっきりとそれを自覚している。

なぜ、そんな風に思えたのだろう。そこに、何か経緯はあったんだろうか？

けれど——、

「……」

「……」

……あれ？

なんで、二人とも、硬直してるんだ？

もしかして……僕は何か、まずいことを聞いただろうか……。

思わぬリアクションに、不安になっていると——、

「……あ、ああ～……」

——細野《ほその》が。

いつもはぶっきらぼうなほどに冷静な細野《ほその》が、情けない声を上げて両手で顔を覆った。

「それは、その件は……あああ……」

「え、ちょ……！　どうしたんだよ⁉　なんか、思い出したくないことでもあるの……⁉」

「……あのー」

と、そこで隣の柊《ひいらぎ》さんが、苦笑気味に口を開いた。

「実はちょっと、そこは色々あってね……」

「……色々？」

「あの……わたしほら、姉の本の、主人公になってるでしょう？」

「ああ、うん……」

──彼女の言う通り。

この柊時子さんは、姉である柊ところさんの小説に、主人公として何度も登場している。僕もそのシリーズは通して読んでいるし、描かれた繊細な感情は今も印象に残っていた。

「矢野くんも……知ってるよね？　細野くんは実際にわたしと会う前に、それを読んで……本の中のわたしを先に好きになってくれた。だから、出会ったあとに細野くん、すごく熱心にあの本のことを話してくれて……。それがうれしくて、わたしの方は、割とすぐに細野くんのこと好きになった……」

「うん、そうだったよな」

彼女からすれば、それは嬉しい出会いだっただろう。

自分の気持ちを疑うなんて、そんな余地もないかもしれない。

「……けど」

と、柊さんはもう一度苦笑いする。

「細野くんは、自分が目の前のわたしを好きなのか、本の中のわたしを好きなだけなのか、わかんなくなっちゃった……。それで、一度は疎遠にもなったりして……。でもそのあと、姉の書いた続編の小説をきっかけに、やっぱりわたしを好きだと思ってくれた」本の中じゃなくて

──現実のわたしに恋してるんだって、思い直してくれた。

「……うん。読者としても、あの流れは感動したよ」

「……ありがとう。でも細野くん、それが今となっては恥ずかしいみたいで……」

言って、はにかみ笑いする柊さん。

「話に出すと、いつもこうやって赤くなるんだ……」

「……まあ確かに、その時期の話を掘り返されるのは結構恥ずかしいかもな」

苦笑しながら細野の方に向き直り、思い切ってもう一歩踏み込んでみる。

「……恥ずかしがってるとこ申し訳ないんだけど。細野的には、あの頃どう考えてたんだ？どうして先に出会ってた本の中の柊さんじゃなくて、目の前のこの子だって思えたんだろ？」

もちろん——作中には細野の当時の感情も描かれていた。そのとき考えていたことや気持ちの動きが、ところさんによる精緻な筆致で。

けれど、今本人から聞きたかった。物語としてではなく、細野自身から自分の気持ちとして。

あいかわらず、両手で顔を覆っている細野。

けれど、ゆっくりとそれを外すと、真っ赤な顔でため息をつき、

「……どうしても、言わなきゃダメか？　すげえ恥ずかしいんだけど、ここで……言わないとダメ？」

「ああ……無理にとは、言わないけど——」

「——言わないとダメ！」

——突然、柊さんが僕の言葉を遮った。

「細野《ほその》くんの大好きな矢野《やの》くんが困ってるんだもん！　ちゃんと力になってあげようよ！」

……いや柊《ひいらぎ》さん、あなた、自分が聞きたかっただけでしょ……。

これ、僕をダシにしてまたいちゃついてるだけでしょ。

とは思うけれど。まあ、ここは口に出さないでおこう……。

実際僕も、細野《ほその》の答えを聞きたいわけだし……。

「……先を、知りたいと思って……」

観念したように息を吐き、消え入りそうな声で細野《ほその》は言った。

「本の中で、永久に変わらない柊《ひいらぎ》じゃなくて……変わってく柊《ひいらぎ》を、見ていたいと思って……」

「……ほう」

「最初は、それが怖かったんだけど……変わってく柊《ひいらぎ》に、どう接すればいいかわからなかったんだけど。それでも、どうしても……柊《ひいらぎ》の未来を、見ていたかったんだ」

——未来を見ていたい。

なんだか、その言葉が、妙に自分に響いた。

考えてみれば——僕はこれまで、過去のことばかり考えていたかもしれない。

これまで、自分が秋玻《あきは》春珂《はるか》、それぞれにどんな感情を抱いたか。

どんな気持ちで接して、どんな願望を抱いてきたか……。

けれど——そうか。

これからどうしたいか。どんな二人を見ていたいか。

そういう視点も、ありなのかもしれないな……。

……ただ。

「へ、へえ……そんな風に、思ってくれてたんだ……」

「ま、まあな……」

改めて、目の前でもじもじし始める二人。

なんだかもう——呆《あき》れるのを通り越して、ほほえましくなってきて。

口の中いっぱいに砂糖を詰め込まれた気分になって——どうぞお幸せにと、頭の中で一人つぶやいた。

そして——思い付く。

ここは一つ、尋ねる方向性を変えてみてもいいかもしれない。

こうやって、僕にストレートに好意を向けてくれる相手以外に、聞いてみるのもいいかもしれない。

例えば——僕に厳しい人。

僕に対して、遠慮なく批判も敵意もぶつけられる人——。

……だとしたら。

僕は、ここしばらく連絡も取っていなかった、ある女の子のことを思い出す。

＊

放課後のファストフード店。窓際《まどぎわ》の席。

僕はちょっとだけ緊張しながら、待ち合わせ相手を待っていた。

店内は老若男女《ろうにゃくなんにょ》、多種多様な人で賑《にぎ》わっていて、寒さのせいか通りを行き交う人も足早で、それに呼応するみたいに鼓動も普段より心なしか速めに脈打っている。

彼女に会うのは……文化祭のとき以来。半年ぶりに、なるのだろうか。

その間、一度も顔を合わせていなかったし連絡も取っていなかった。

だから——ラインでメッセージを送るときにも、既読スルー、あるいは未読スルーさえ覚悟していたんだ。

けれど、返事は存外軽いもので。

『あーお久しぶりです～♡』

『はいー元気にしてましたよ～☆最近めちゃくちゃかわいい友達もできましたし!!』

『そっちはどうでした～？　お元気にしてます～？』

さらには……今回の待ち合わせも、あっさりＯＫされてしまった。

ストローの空き袋をいじりながら、そわそわと僕は考える。

……どうなるだろう。

久しぶりのあの子との会話……どんな感じになるだろう。

そんなタイミングで――、

「――矢野《やの》せーんぱい！」


――背後から、そんな声がした。

踊るような、愉快そうな、高くかわいらしい声。

久しぶりに聞く、あの子の声――。

そして、振り返った僕は、

「どもども～お久しぶりです～！」

「……」

――そこにいた彼女。

かつての戦友――庄司《しょうじ》霧香《きりか》。

その出《い》で立《た》ちに、しばし声を失ってしまう。

「……あれ、どうしました～？」

黙っている僕に、霧香《きりか》が不思議そうに首をかしげる。

「そんな、ぽかんとして。何かわたし、変ですか？」

——いや、変ではないのだ。

彼女は半年前会ったときと、基本的には変わらない。

小柄な身体《からだ》に猫のような目。

楽しげにカーブを描く唇に、かわいらしく着崩された服。

いたずらな表情もあのときのままで——うん。間違いなく、この子は中学の頃からの僕の知人。

そして今日、色々相談したかった相手——庄司《しょうじ》霧香《きりか》だ。

けれど——、

「……ああ。もしかして〜！」

と彼女は、気付いた様子で——自分の髪を摘まみ。

「これですか〜？　ふふ、かわいいでしょ〜？」

——金髪だった。

以前、茶色のセミロングだったその髪が、綺麗《きれい》な金色のショートヘアーになっていた。

「そっかー、矢野《やの》先輩に見せるの、初めてでしたよね〜」

言うと、霧香《きりか》は僕の顔を覗《のぞ》き込み、

「どうですか～？　似合ってます～？」

――その問いに。

彼女の問いに、僕はほとんど反射的にこう答えた。

「似合ってる……。めちゃくちゃ似合ってるよ……」

――もう、本当にぴったりだった。

外国の子供みたいに艶《つや》めく、金色の髪。

それが、彼女のちょっと幼い顔立ちや、いたずらな性格によく似合っている。

似合いすぎている。

むしろ――これこそが、本来の彼女の姿だったんじゃないかと思うほどに。

「やったー、うれし～」

言いながら、彼女は飲み物を手に僕の隣に腰掛ける。

そして、自慢げにその金髪を揺らしてみせると、

「これ、秋玻《あきは》先輩春珂《はるか》先輩に影響されて、こうしたんですよ？　ボブかわいいな～、わたしもやりたいな～と思って」

「ああ、そうだったんだ」

確かに、霧香《きりか》は秋玻《あきは》と春珂《はるか》のルックスをずいぶん気に入ったみたいだったからな……。

まあ、この金髪があの子たちに似ているかというと、全くそんなことはないけれど。

髪の長さだけでいえば、確かに近いのかもしれない。

「そう言えば、秋玻《あきは》先輩春珂《はるか》先輩はどうされてます？　お元気ですか～？」

「ああ、元気だよ。今ちょうどその二人と、クラスの解散会を準備してて――」

髪型のインパクトがあったおかげか、いつの間にか緊張が解けている。

おかげで僕は、滞りなく解散会の話だとか、写真や動画の提供もお願いすることができた。

霧香《きりか》は僕らの通う宮前《みやまえ》高校ではなく、隣の御殿山《ごてんやま》高校に通っている。本来であれば二年四組の画像なんて持っていないはずだけど、この子は文化祭実行委員だったんだ。

校内の撮影担当と繋《つな》がりがあるかもしれないし、そういうライブラリにアクセスする権限も持っているかもしれない。

「――ということで、もしよければ、お願いできればと思うんだけど……どうかな？　もちろん、協力してもらえるならなんかお礼はするから」

「……そうですか」

一瞬の間を置いて、霧香《きりか》は息を吹き出す。

そしてどこか、退屈そうな声で、

「なるほどー、そういう話か～……」

「……そういう話って？」

「いやわたし、わざわざ呼び出すんだから、どんな話なんだろうと思ってたんですよ〜。例えば〜……」

と、霧香《きりか》は僕の目を覗《のぞ》き込み、

「……秋玻《あきは》先輩と別れたから、わたしと付き合いたいとか」

「……そ、そういう話なわけないだろ」

見透かすような視線にドキリとしつつ、僕はなんとかそう答えた。

文化祭の直後に別れたのは事実だけど、だからといって霧香《きりか》と付き合うとか、そういう展開になるわけではない。

……もちろん、霧香《きりか》だって本気じゃないだろう。

けど、そういう言い方をされるとちょっと動揺してしまう。

まあそれに……確かにちょっと、反省すべき点もあるかもしれない。

「……でも、完全にこっち都合で呼び出しちゃったのは事実だ。それはごめん」

霧香《きりか》はこの西荻窪《にしおぎくぼ》の隣町、吉祥寺《きちじょうじ》に住んでいる。

そこからわざわざ西荻《にしおぎ》に来て、放課後の時間を割いてくれているのにするのはこちらの話ばかり。

それは確かに、申し訳ない。

けれど、

「ああいや～、それはいいんですよ」

言って、霧香《きりか》は首を振る。

「動画の素材集めは、手伝いますよ。わたし、文化祭のライブラリはアクセスできるんで、許可取れ次第そっちに共有します」

「ほ、本当に……？　それは助かるよ。わがまま言ってごめん……」

「いいですよ、そんな手間でもないですし。ただ～……」

と、霧香《きりか》はカウンターに上半身を投げ出し。

顔だけこちらに向けて――僕に尋ねる。

「話、それだけじゃないでしょ～？　それだけだったら、メッセージで済みますし～。他に、話したいことがあったんじゃないですか～？」

その問いに――思わず僕は、笑ってしまいそうになる。

……うん、やっぱりわかるよな。

霧香《きりか》は鋭い。僕の考えていることなんて、簡単に読み取られてしまう。

僕は今も、霧香《きりか》のそういう勘の良さには絶対的な信頼を置いている。

だからこそ――僕はこの子に、相談してみたいと思ったんだ。

「実は、ちょっと意見を聞きたいことがあってさ」

「……ほう」

緩んでいた霧香《きりか》の表情に、興味の色が戻った。

彼女は身を起こしちょっと眉を寄せると——僕に尋ねる。

「何に対する意見ですか？」


「——だから、霧香《きりか》から見て、どうかなって」

一通り、僕と秋玻《あきは》、春珂《はるか》のこれまでを語って聞かせてから。

僕は霧香《きりか》に、単刀直入に尋ねる。

「僕は——秋玻《あきは》と春珂《はるか》、どっちのことが好きなんだと思う？」

——とても興味があった。

霧香《きりか》がこの問いに、どう答えるのか。

彼女から見て、僕らがどう見えていたのか。

けれど、

「……」

霧香《きりか》は面食らったような顔で、ぽかんとしていた。

……あ、あれ、どうしたんだろう。

これまで何人かに相談してきたけれど、こんなリアクションは初めてだ……。

……ああ、もしかして。もう、昔の話すぎて、覚えていないだろうか。

一緒に文化祭の準備をしたのは、去年の十月。

半年近く経《た》っているし、記憶も大分薄れただろう。

しかも、文化祭実行委員なんていう特殊な距離感で、僕らは一緒にいたんだ。

なのに判断なんて、ちょっと難しかったかもしれない。

「……ごめん、わからなければ大丈夫だよ」

慌ててそうフォローを入れる。

「この相談自体、完全に自分のためだし……。ごめんな、時間もらっといて――」

「――いや、そうじゃなくて」

驚いた顔のまま、霧香《きりか》が言葉を遮る。

そして――普段の軽い態度なんて嘘《うそ》だったみたいな声で。

困惑を隠さない声で、こう言う。

「……よりにもよって、わたしにそういう質問するとか……マジですげえなと思って」

「……まあ、そうかもな」

……霧香《きりか》の言う通りかもしれない。

確かに、僕らの間には中学時代から色々あった。

今だって、単に仲がいいとも言えないし、一筋縄ではいかない関係ではある。

そんな相手に、こんな踏み込んだ質問なんて——普通あり得ないのかもしれない。

でも、

「……やっぱり、信頼してるんだよ」

僕は、はっきり彼女にそう言い切る。

「霧香《きりか》の頭の良さとか、鋭さとか。そういうところを信頼してるし、遠慮せずはっきり言ってくれるだろうなとも思ってる。だから……もしも、できることなら。意見を聞いてみたいなって思ったんだ」

「……はあ」

その言葉に——霧香《きりか》は諦めたようにため息をつく。

「……考えてみれば、矢野《やの》先輩昔からそういう、強引なところありましたからね。しかも、それでいてそれを押し通せちゃうような、無防備さも」

「無防備って……僕はただ、本心を言ってるだけだって」

「……まあ、いいです。で、相談の件ですけど」

一度笑うと、そう前置きして霧香《きりか》は考える顔になる。

「秋玻《あきは》先輩と春珂《はるか》先輩、どっちのことを好きに見えたか。今矢野《やの》先輩が、好きなのかですよね？」

「うん、どうだろう」

「そうだな……」

腕を組み、カウンターに視線を落とす霧香《きりか》。

本気で考えてくれている様子の、彼女。

その表情に、真剣な姿勢に、素直に頼もしさを感じた。

こんな風に霧香《きりか》が力を貸してくれるなら——きっと、これまで見えていなかったものが見えるはず。

……なのに、

「……うーん」

「どうした……？」

「なんか、変だな……」

霧香《きりか》の返答は、珍しく歯切れが悪い。

「どうした？　やっぱり、前のことすぎて思い出せないか？」

「いや、そうじゃなくて……あの頃のことは覚えてますし、話を聞いて、今の感じもわかったんですけど……なんでだろう」

そして——彼女はよくわからなそうな顔のまま。

こちらを見ると、こぼすように言う。

「——どっちも、違う気がする」

「……へ？」

「なんか、矢野《やの》先輩……秋玻《あきは》先輩、春珂《はるか》先輩、どっちかを好きなわけじゃ、ない気がする」

——一瞬、言葉を失った。

どっちかを好きなわけじゃない。

それは、どういう意味だ……？

「えっと、それは……僕はどっちにも、恋してないってこと？」

「いや、そうじゃないんです。文化祭のときの様子を見てれば、矢野《やの》先輩が恋してるのははっきりわかりますし……」

「じゃあ、両方を等しく好き、ってこととか？」

「そういう感じでもないんです。でも何だろ……なんだか、わたしもよくわかんない。わかんないんですけど……」

霧香《きりか》は、珍しい顔で僕を見る。

心底困惑している顔。

自分の感覚が、自分でも理解できない表情——。

そして彼女は——僕に言う。

「わたし……矢野《やの》先輩は、二人の中から、選ぶべきじゃないと思う」


――話を終え、霧香《きりか》とファストフード店を出る。

どうせ西荻窪《にしおぎくぼ》まで来たのだから、と、このあと霧香《きりか》は友人と合流。この辺りで遊んでから帰るらしい。

その待ち合わせ場所まで、僕は彼女を送っていくことにする。

『――二人の中から、選ぶべきじゃないと思う』

霧香《きりか》の言ったその言葉が、妙に引っかかっていた。

はっきり言えば、意味がわからない。

恋をしているのは間違いないのに、選ぶのは違う。

どういうことかわからないし、それを言った霧香《きりか》自身さえ困惑していた。

けれど……。

なぜだろう、耳を傾けた方がいい気がしたのだ。

言葉自体に、何か感じ入るところがあるのもそうだし、霧香《きりか》にそれくらい信頼を寄せているところもあって。

――庄司《しょうじ》霧香《きりか》。

いつも鉄の仮面をかぶり、誇り高く戦う女の子。

感性が鋭くて勘も鋭くて、だからいつもどこか孤独だった彼女。

隣を歩く彼女をちらりと見ると――なぜだろう。

心強さを感じると同時に……ほんのわずかに、心配な気分にもなる。

この子は、ずっとこんな風に、一人で戦い続けるんだろうか。

世の中を相手に、作られた完璧な笑みをまとって、自分を貫き続けるんだろうか。

だとしたら、それはどんなに――過酷な生き方だろう。

自分自身が隣にいられなかったのに、自分から距離を取ったというのに……僕は彼女に、身勝手な気遣わしさを覚えてしまう。

けれど――、

「――あ、来た来た～！」

「――あら、本当ね」

到着した西荻《にしおぎ》駅前。

その前にいた女の子二人――どちらもとんでもない美人だ――がこちらを見ると。

霧香《きりか》は、その顔にパッと笑みを咲かせた。

「――おーい理瀬《りせ》！　花蓮《かれん》ー！」

二人に向かって駆け出す霧香《きりか》。

その様子に――心底うれしそうなその足取りに、僕は少し驚かされる。

けど……そうだよな。

一呼吸置いて、ようやく理解した。

僕が霧香《きりか》といた中学時代から、もう丸々二年が経《た》つ。

僕が心配するまでもなく、霧香《きりか》にも信頼できる友人くらいできる。

きっと――本当に彼女の隣に並び立つことのできる、大切な友人が。

「じゃあ矢野《やの》先輩、また今度～！」

こちらを振り返り、霧香《きりか》は幼い笑みで僕に言う。

「ファイルは近いうちに共有します。そっちも、進展があったら、教えてくださいね～！」

そんな彼女に、

「おう、ありがとう！　よろしく！」

僕はそう言って、できるだけ大きく手を振り返した。

＊

――数日後。

僕の作った動画素材用フォルダには――十分すぎるほどのファイルが収められていた。

ずらっと並んだ画像や動画。その数なんと千近く。

すべて見るだけでも一苦労という数だったし、最初にそのことに気付いたときには目を疑った。

これなら……全クラスメイトをまんべんなく登場させらる。

複数ある写真の中から。写りのいいものだって選べる。

クラスで起きた印象的な出来事、例えば文化祭のラストだとか修学旅行最初の集合写真だとか、そういうのもちゃんと収めてあるから……うん。素材としては、本当に完璧だ。

協力してくれた面々には、感謝してもしきれない……。

ただ——その結果。

肝心の動画作りは、非常に難航した。

素材を選ぶのもそうだけど、動画編集が、やってもやっても終わらないのだ。

簡素な動画なら、苦労せず作れそうではある。けれど、ここはどうしてもこだわりたい。こんなにみんなに協力してもらったのだから、中途半端《ちゅうとはんぱ》なものにはしたくない。

ちなみに……秋玻《あきは》と春珂《はるか》の検査は、予定よりちょっと長引いているようだった。

あいかわらず放課後は時間が取れないし、学校に遅れてくること、そもそも休んでしまう日も多かった。

状況を考えれば、それも当然なのかもしれない。

今や、二人の入れ替わり時間は二十分と少し。こまめな検査も必要なんだろう。

ただ、そうなるとやっぱり、どうしても心配になってしまう。

大丈夫なんだろうか、一体二人は何を検査されてどんなことを告げられているんだろう……。

そして——彼女たちがいないとなると、当然自分一人で動画もやっつけなければいけないわけで。二人の現状を気にしつつ、慣れない作業に睡眠不足になりながら、僕は毎日ノートPCと格闘していた。

結果——そんな僕を見かねたらしい。

古暮《こぐれ》さんから連絡があったというＯｍｏｃｈｉさんが、動画制作を手伝ってくれることになった。

どうやら、自分がクラブでプレイするときの背景用やネットに楽曲を上げるとき用に、割と日常的に動画は作っていたそうだ。ＢＧＭまで簡単なものを作ると言ってくれて、こちらも本当に頭が上がらない。

作業スケジュール的にギリギリになりそうだけど、みんなのびっくりするような動画を作れるはず……。

——それから。会場は、秋玻《あきは》は春珂《はるか》と相談し、何人かのクラスメイトにも話も持ちかけたうえで、カラオケに決定した。

やはり、盛り上がって大きな声が出る可能性なんかを考えると、そっちが無難だろう。

あまり時間を気にしすぎたくもない。ちょっと予算が上がってでも、そちらの方がいいと判断した。

ということで、電話で部屋は予約完了。

あとは、動画を完成させるだけ、となった――。

――そんな三月下旬の放課後。

気付けば終業式の前日、という日に、事件が起きる――。

＊

「――検査、改めてお疲れ」

解散会を週末に。三学期の最終日を明日に控えた、火曜日。

放課後の部室で。

今日も遅れて学校にやってきた秋玻《あきは》に、僕はひとまずそう声をかけた。

「これで、しばらく続いてたのは一段落、って感じなんだよな？」

「うん、やっとだよ……」

何やら疲れ果てた様子で、秋玻《あきは》は頬杖《ほおづえ》をついた。

「今回は長かったなあ……。色々自分で考えなきゃいけないようなこともあったし……大変だったあ……」

「だよなあ。僕一回行くだけでも結構疲れるのに、連日だもんな……」

「もう、昔からだから慣れっこでもあるんだけどね」

苦笑する秋玻《あきは》。

けれど、彼女はそこでふと気付いた顔になり、

「ていうかごめん。その間、色々仕事を任せちゃって……。色々、進捗は大丈夫？」

「うん、なんとか……。ギリギリだけど、Ｏｍｏｃｈｉさんのおかげで動画も完成しそうだよ」

「そっか……よかった。なら、うん、よかったよ……」

ほっとした表情で、窓の外に目をやる秋玻《あきは》。

そして彼女は、ほうと息をつくと、視線を西荻《にしおぎ》の街に向けたまま、

「……いよいよだね」

深い感慨を声に滲《にじ》ませて、秋玻《あきは》は言う。

「いよいよ、明日は終業式……。二年生が終わっちゃう。それから、解散会があって……それで本当に、この年度が終わりだ……」

「……だな」

彼女の言葉に、改めて僕も深く息を吐いた。

「これから……どうなるのかな、わたしたち」

ぽつぽつこぼすように、秋玻《あきは》は言葉を続ける。

「来年も、同じクラスになれるかな……。そのあととか、どうするんだろ。それぞれ別の大学に行ったり、遠距離みたいになっちゃうことも、あるのかな……」

「まあ、なくはないだろうな……。千代田《ちよだ》先生と野々村《ののむら》さんも、それでしばらく遠距離だったらしいし……」

「だよねえ。そもそも、二重人格も終わっちゃうしね。きっと、本当にそう長くは持たない……」

――そして秋玻《あきは》は。

「……矢野《やの》くんに、報告なんだけどね」

そう前置きして――端的に、僕に言う。

「――もう、予測ができないって」

「――主治医に言われたの。もうすぐ二重人格は終わる。多分、三年生が始まる前に。けれど、そのときに何が起きるのか……今現在の状況だと、仮説を立てることすら難しいって」

――思考が固まった。

当たり前のように、雑談に放り込まれたその話。

けれど、それは――。

あまりにも――あまりにも重要な話だ。

秋玻《あきは》と春珂《はるか》、その未来に関する、どうしようもなく大切な話。


鼓動が一気に加速する。

氷結していた思考が、じわじわと回り始める。

そして僕は、

「そ、それは……その……」

なんとかそんな風に、言葉を絞り出した。

「はっきりと……前提が崩れた、ってことなんだよな？　春珂《はるか》は、いつか消えるって言われてた。もう、僕らの中でも、その危機感ってどこか薄くなってたけど……医者の見解としても、そう言い切れなくなった……」

「そういうことだね」

あっさりと、秋玻《あきは》は言う。

「当時は、わたしたちの関係性や状況からして、そうなるものと思われていた。けれど、今は違う。あの子が一生懸命生きて、周りもあの子を大事にした。結果――消えるとは、言い切れなくなり始めた……。だから現状、どうなるって予測ができない」

――それは、一聴する分には朗報だった。

不幸な未来が回避できたかのような、春珂《はるか》が救われたような、そんな風にも聞こえる話。

ただ――事態はそう簡単じゃない。

いつか、二重人格は終わる。入れ替わりの時間は、今も短くなっている。

なら――、

「……本当に、わからないのか？」

恐る恐る、僕は秋玻《あきは》に尋ねる。

「断言できないにしても、色々可能性はあるんだろ？　例えば、こういうことが起きる可能性がある、みたいな……」

「……そこは、本当にお医者さんも、話すことができないみたいで」

ようやくこちらを向くと、秋玻《あきは》は困ったように笑う。

「まだわたしたちの関係は、不安定らしいの。このあとどうなるかによって結果は大きく変わる。人格が統合されるそのとき、わたしたちがどんな気持ちでいるのかによって……」

……どんな気持ちでいるのか。

確かにそれは――今後大きく変わってもおかしくない。

二人がお互いのことをどう捉えるか、自分のことをどう考えるか。

それはきっと日々変わっていくし、現状なんて一つの目安でしかない――。

「それに、起きることだって無限に考えられるんだって。実際、他の二重人格の人たちの人格が統合するときも、色んなことが起きているみたいなのね。結果は千差万別で、これまで例がないことが起きる可能性もあって……だから、ここでそのプレッシャーは与えない方がいい。可能性を提示して、日常生活に支障が出る方が問題だって、考えたみたい」

「そう……なのか」

言われてみれば、そうなのかもしれない。

素人《しろうと》考えだけでも、いくつもの可能性は思い付く。

けれど――それを強く意識してしまうと。

可能性が前提として頭にあると、すべての行動に臆病になってしまう。

もう、これまでのように二人に接することは難しくなる。

……だとしたら。

そんな風に、未来がどうしようもなく不安定なら――。

「……ごめんね、こんな話して」

僕の顔を覗《のぞ》き込み、秋玻《あきは》は申し訳なさそうに言う。

「ただでさえ結構迷惑かけてるのに、またこんな面倒なこと……。でも、知らせないのもよくないかなと思って……」

そんな彼女に――僕は。

どうしようもなく苦しそうな秋玻《あきは》に、僕は――、

「……何言ってんだよ、いいんだって」

笑みを作り、できるだけ軽い口調でそう返す。

「全然迷惑じゃないし、知らせてくれたのもうれしいよ。ありがとう」

「……矢野《やの》くん」

張り詰めていた秋玻《あきは》の表情が、ようやく少し緩んだ。

「……でまあ、そうなったら」

と、僕は椅子から立ち上がり、窓のそばに寄ると外を眺める。

「できるだけ気負わず、毎日を自然に過ごそうよ。変に気にしたりするのって、きっとなんか違うだろ？　秋玻《あきは》と春珂《はるか》がこれまで通りでいるのが、一番いい気がする。だから……できるようであれば、これまで通りでいよう」

そう言ってから、僕は少し考えて言葉を付け足す。

「……どうしても苦しかったら、いつでも話してくれていいから」

「……わかった、ありがとう」

口元に笑みを浮かべ、秋玻《あきは》はうなずいた。

「春珂《はるか》にも、伝えておくね……本当にありがとう」

「どういたしまして」

——大切な、時間なんだ。

これから、二重人格の終わりまで、僕らはかけがえのない大切な時間を過ごすことになる。

なら——前に秋玻《あきは》が言っていた通り、できるだけ誇れる自分でありたい。

短くて特別な時間に、後悔なんて残したくないんだ。

だから——、

「……ふう……」

——僕は、深呼吸して気持ちを整える。

二人の前では、笑っていよう。

この時間を、二人の姿を見逃さないように、たおやかな自分でいようと思う。

そうであることの意味を、野々村《ののむら》さんが僕に教えてくれた——。

そして——そんなタイミングで。

ズボンのポケットの中で、スマホが震える。

「……ん？　カラオケの店からだ、何だろ……」

表示されていた着信通知に首をかしげつつ、僕は秋玻《あきは》に「ちょっとごめん」と断って、電話に出た。

もしかしたら、解散会について確認事項があるのかもしれない。

会の当日まであと五日ほど。詰めの過程で、何かあったのかもしれない。

そして——しばらく電話口の店員と会話し。

通話を切ると、秋玻《あきは》の方を向く。

「……どうしたの？　予約内容の確認とか？」

そう言って——首をかしげる秋玻《あきは》に。

「……使えないって」

僕は端的に——店員が伝えてくれたことを彼女に報告する。

「パーティルーム。準備中の事故で破損して……使えなくなったって……」

第三十三章
Chapter.33
【僕は変わった】

B i z a r r e L o v e T r i a n g l e
三角の距離は限りないゼロ

「――まままま、まだ慌てるような時間じゃないよ！」

十数分後。

秋玻《あきは》から入れ替わった春珂《はるか》は、状況の説明を受け――絵に描いたような慌て方をする。

「だって、まだ当日まで五日あるし……やれることはいくらでもあるだろうし……お、落ち着いていこう！　ね！」

「お、おう、そうだな……」

……いや、この上なく慌ててるように見えるけど。

これまでで一番くらいの勢いで慌ててるように見えるけど……まあ、それは言わないでおこう。実際、ここに来て会場が使えなくなるのは、なかなかのピンチだ。

「にしても、こんなタイミングで壊れちゃうなんて……なんでそんな……」

「ほら、僕らが見に行ったときも、備品が結構置いてあっただろ？」

そのとき見た部屋の様子を思い出しながら、僕は春珂《はるか》に言う。

「どうやら、それを動かそうとしたときに窓ガラスが割れちゃったらしい。あそこ、六階ですごい高いところだし、修理しようにも業者が捕まらなくて、どうしても当日には間に合わないらしいんだ」

「ぐぐう、なるほど……それは、確かに仕方ないね」

「だな。幸いけが人とかはいなかったらしいし、不幸中の幸いくらいの感じだよ」

「そっか、でも……でも、ここからどうしていこうね……」

「だな、ちょっとそれを考えないと」

「ふうむ……」

と、彼女はしばし考えてから――「そうだ！」みたいな顔をして、

「あ！　あのお店に、他にもパーティルームがあるんじゃない⁉　結構大きいところだったし、そっち替えてもらえないかな⁉」

「ああ、それは確認したんだけど、あのサイズはあそこだけだってさ。代わりを用意できず申し訳ありませんって、平謝りされたよ」

「ぐっ……じゃ、じゃあ他のお店！　例えばあのファミレスとか！　他にも、候補になるようなお店はいくつもありそうだよね⁉」

「それが……さっき秋玻《あきは》と手分けして電話したけど、全部ダメだったんだよなあ」

「ぜ、全部⁉」

「うん。ほら、時期的に使いたがる学生がめちゃくちゃいるらしくてさ。もうその日は、どこも埋まっちゃってるって。これまで使ったことのあるお店全部に電話してみたし、吉祥寺《きちじょうじ》とか荻窪《おぎくぼ》の方も候補にしたけど、厳しそうで……」

正直、もうちょっとなんとかなると思っていた。

グレードが落ちたり若干設備がしょぼくなったりすることも覚悟のうえで探せば、どこかし

ら空いているところはあるだろうと。

甘かった。

卒業シーズンというものを、完全に舐《な》めていた。

僕らのような高校生はもちろん、就職が決まった大学生、果ては近所の企業の送別会なんかもこの時期は頻繁にあるらしく。誇張でも何でもなく——本当に、どこも空いていないのだ。

「じゃ、じゃあ……どうすれば」

そう言う春珂《はるか》の目は、もはや焦《あせ》りを通り越してぼう然とし始めていた。

「わたしたち、どこで解散会やればいいの……？　もしかして……中止？」

……まあ、そういう反応にもなるよな。

実際、追い込まれている。

僕らは結構まずい状況に立たされてしまっている。

時間的な余裕がない。しかも、明日には終業式がある。

その状態で、次の会場を見つけて、みんなの了承を取らなくちゃいけない——。

けれど——、

「……矢野《やの》くん？」

春珂《はるか》が——不思議そうな顔でこちらを覗《のぞ》き込んだ。

「どうしたの？　なんか……あんまり焦《あせ》ってないけど……」

──春珂《はるか》の言う通り、僕は比較的冷静だった。

それどころか──むしろ、ちょっとわくわくさえしていた。

だって──、

「なんか……チャンスな気がして」

「……チャンス？」

「そう。解散会をもっとよくするチャンス」

──こんなこと、ちょっと前の自分だったら絶対に考えなかったと思う。

春珂《はるか》以上に焦《あせ》って追い詰められて、どうにもできなくなっていたかもしれない。

けれど──今は、そう思うのだ。

状況がひっくり返ったなら、前よりもっとよくしてしまえばいい。

考えていた通りにならないなら、それを利用すればいい。

「実を言うとさ──ちょっと僕、元の計画に引っかかるところがあったんだ」

「引っかかるところ？　どこに……？」

「なんか、もっと特別にできる気がしてたんだよ。もう一押し、良《い》い会にできるような気が……」

「そ、そうだったの？」

よっぽど意外だったのか、春珂《はるか》はぽかんとそう聞き返す。

「わたし、例の映像もあるし……もう十分、特別になる気がしてたんだけど……」

「うん。確かに、もともと悪くはなかったよ」

映像は、最初に予想していたよりずっといいものになりそうだった。

きっとそれだけで、みんなの印象に残る会にできたと思う。他のクラス会よりも思い出深いものにできたろうし、できた映像をみんなに配ればこれからも見かえしてもらえたと思う。

それでも――、

「……もうちょっとだけ、工夫をしたかったんだよ。だから、いい機会なんじゃないかって。もう一歩、解散会をよくするいいきっかけになるんじゃないかって、そんな気がしたんだ……」

「そっか、うん……それは、そうかもね……」

今だ納得のしきれない顔で、春珂《はるか》はうなずく。

理屈はわかるけれど、気持ちがまだ追いついていない表情。

そして彼女は――、

「……じゃあ、具体的に、どうしよう?」

――当然、そう尋ねてくる。

そうだ、実際そこが問題だ。

具体的に、どうやって会場を押さえるのか。

そのうえで、前よりも良《い》い会にするのか。

だから僕は、小さく息を吸うと。

端的に、春珂《はるか》にこう答えた——。


「——今んとこ思い付いてない。春珂《はるか》、なんか案ある？」


「えっ……⁉」

春珂《はるか》が素っ頓狂な声を上げた。

「思い付いてない……⁉　何かこう、案があったわけではないの⁉」

「ああ、うん。僕もつい今さっき、カラオケ使えないってわかったばっかりだし」

「何かこう、アイデアとか候補とかはないの……⁉」

「それも今んところないんだよなあ……」

その言葉に、春珂《はるか》はさーっと顔を青くする。

そして、

「……もう無理だあああ！」

そう叫んで——机に突っ伏した。

「もうこれ、開催諦めるしかないよ！　うわあああああ！」

……まあ、確かに難しいよな。

五日後の週末、使える会場を押さえるだけでも大変だろう。

クラス単位での会だから、あまり西荻《にしおぎ》から離れるのも問題だろうし。

なのに——残された時間を考えれば、今決めるしかない。

ここで方向性を確定して、すぐに動き出すしかない——。

「……どうするかなあ」

腕を組み、考えてみる。

どういう解決策があるか。今から自分たちに、何ができるか。

……思い出すのは、少し前。

野々村《ののむら》さんとところさんと、食事に行ったときのことだ。

あのとき見た結婚式は、間違いなく特別なものだと思えた。

ただの既存のイベントをなぞったわけじゃない。二人の、二人による、二人のためだけのイベント——。

——何が違ったんだろう。

僕らの計画していた解散会と、野々村《ののむら》さん、千代田《ちよだ》先生の結婚式。

その二つの違いって、一体何なのだろう……。

そんなことを——考えること数十秒。

「――ああ、そうか」

僕は――存外すぐに、一つのアイデアを思い付いた。

「何だよ、そうか……その手があったじゃないか……」

思い付いたのは、シンプルな案だった。

確かに、ちょっと無茶は必要になる。本来は、許されないような発想だろう。

けれど――今なら、行ける。

この状況なら、ゴリ押しで持っていくことができる。

となると――勝負は明日。

終業式のあとだ――。

「――春珂《はるか》、思い付いたんだけど」

そして僕は――春珂《はるか》に、プランを説明し始める。

＊

――学校の集会というものは、得てして退屈なものばかりだ。

毎週の全校集会に、ときおり行われる臨時集会。

スポーツに興味のない僕としては、運動部の壮行会なんかもどんな顔して参加すればいいのかわからない。始業式なんてだるさの極みで、長期休み明けの緩い空気と校長のコピペみたいな挨拶には、何度も寝落ちしそうにさせられてしまった。

けれど——トラブル発生の翌日。

体育館で開かれた年度末の終業式には、さすがにちょっと感じ入るところがあった。

表面的には、今日をもって二年四組は終了となる。

クラスメイトはそれぞれの進路に向かうために離ればなれ。

千代田《ちよだ》先生も担任ではなくなり、来年どんな関係になるかはわからない。

体育館の真ん中あたり。ずらっと並んだ二年四組の列。

出席番号順で最後に当たる僕は、その最後尾に並びながら——クラスメイトたちの背中をゆっくりと眺めていた。

一年前、始業式の日に並んでいたときには、ずいぶんとよそよそしかった背中たち。

その頃には他人でしかなかった、一人一人の生徒たち。

けれど——今。

こうして僕に向けられたその一つ一つに、僕は愛着を感じていた。

全員同じ服を着ているのに、今の僕は、それが誰の背中なのか簡単に見分けられる。

それぞれとの間にこの一年で起きた出来事を、鮮明に思い出すことだってできる。

そんな二年四組というくくりと、お別れしなきゃいけない——。

今日ばっかりは、校長の挨拶にさえちょっとばかり感動してしまって。

感傷的な気分で校歌を斉唱し——終業式は終わった。


そして——戻ってきた教室。

あとは、HRがあって今日の予定は終了だ。

辺りでは、クラスメイトたちが来年の話をしている。

「——ついに受験生かよー気が重いわー……」

「——わたしこないだ予備校決めたんだけど、マジ厳しそうでさー……」

「——このメンツとクラス別れたらマジイヤだな……。また一緒になれるといいけど」

あからさまに凹《へこ》んでいるのは須藤《すどう》くらいで、他の面々はどこかいつも通りの。軽口を叩《たた》き合うフラットな雰囲気だ。

まあ、卒業するわけじゃないし。

これでみんなに絶対会えなくなるわけじゃないし、それも当然だろう。

けれど——どこか空気にちょっと寂しげな色がある気がするのは。

クラスメイトたちの顔も感慨深げに見えるのは、僕自身が、そういう気分でこのクラスを眺めているからだろうか——。

千代田《ちよだ》先生が教室にやってきて、最後のホームルームが始まる。

彼女から、二年四組に向けて挨拶がある。

「──わたし個人にとっても、実りの多い一年でした」

そんな風に、彼女は話を始めた。

「──皆さんにとっては、どうだったんだろ」

「──いい一年になったなら、いいんだけど……」

──楽しかったよ！

──ありがと、ももちゃん！

そんな声が、先生と仲のいい女生徒から上がる。

千代田《ちよだ》先生の目に、うっすらと涙が浮かんだ。

けれど、彼女はそのまま笑みを浮かべ、

「──大切な時間を、皆さんと過ごせたことをとてもうれしく思います」

「──とはいえ、関係はこれで終わりではありません」

「──担任ではなくなるかもしれません。卒業後は、皆さんにとって『先生』でなくなってしまうかもしれません」

「──それでも、同じ時間を過ごしたことは変わらない」

「──何かあったら、遠慮なく相談してくださいね。来年も、再来年も、大人になったあとも
……」

そして──千代田《ちよだ》先生の挨拶が終わる。

教室中から拍手が上がる。

最後に、全体での挨拶があって、二年四組の一年が終わった──。


「──矢野《やの》！　このあと、ご飯食べに行かない⁉」

ホームルーム終了後の教室で。

喧噪《けんそう》の中片付けをしていると、須藤《すどう》にそう声をかけられた。

「解散会あるから、あんまり大人数じゃなくていつものメンバーくらいの感じで、お昼行こうかと思うんだけど……どう？」

「ああ、いいね……うん、僕も参加したい」

いつものメンバーということは、修司《しゅうじ》、須藤《すどう》、秋玻《あきは》／春珂《はるか》と僕。

あとは、細野《ほその》と柊《ひいらぎ》さんくらいだろう。

このメンツなら来年も自然と集まりそうだけれど、二年生のうちにもう一度集まっておきた

い。

ただ、

「ちなみに……ちょっと遅れて行ってもいいかな？」

僕は須藤《すどう》に尋ねる。

「このあと、実は解散会の準備でやりたいことがあって……」

「ああ、ぜんぜんおけおけ」

須藤《すどう》はこくこくとうなずいた。

「秋玻《あきは》春珂《はるか》と矢野《やの》は遅れる感じね」

「いや……仕事があるのは僕だけなんだ。ちょっと、交渉しなきゃいけなくて」

「はえ～この段階でまだ交渉残ってるんだ、大変だねえ……」

気遣わしげに眉を寄せる須藤《すどう》。

けれど、彼女はくるりと表情を入れ替えると、

「とりま了解。多分この辺のファミレスかどっかに入ると思う。また店決まったら連絡するね～」

「おう、頼むわ」

手を振る須藤《すどう》にうなずき返すと。

僕は、その背中を見送り——一度深呼吸をした。

さて……そろそろ、交渉の準備を始めようか。

＊

——部室で一人、時間を潰すこと三十分ほど。

そろそろ、クラスメイトたちはいなくなっただろう、というタイミングで——僕は一人、教室に戻った。

いつもよりもがらんとして見える、二年四組の教室。

ついさっきまで自分たちの場所だった、そして、今はそうでなくなってしまったこの空間。

貼られていた掲示はすべて剝がされ、生徒たちの荷物は持ち帰られ……とてもニュートラルな、何の特徴もない教室になってしまっている。

かつてと変わらないのは、窓から見える西荻《にしおぎ》の街並みくらいだろうか。

考えてみれば——秋玻《あきは》、春珂《はるか》と出会ったのも、この場所だったな……。

そして、今はそこに——、

「……矢野《やの》くん？」

——千代田《ちよだ》先生がいた。

教壇に立ち、一人ぼんやり教室を見ていた千代田《ちよだ》先生。

なんとなく、ここにいる気がしたのだ。

千代田《ちよだ》先生は、誰もいなくなった教室で、これまでのことを思い出しているような気が——。

そして——僕は交渉したい。

そんな千代田《ちよだ》先生に、ちょっと無理なお願いをしたい——。

「どうしたの？　みんなと、ご飯とか食べに行かないの？」

「ええ、ちょっと……千代田《ちよだ》先生にお話ししたいことがありまして」

感傷に浸っているところ申し訳ないけれど、この話は急を要する。

そして——話せる相手は、この人しかいない。

「……なんか、嫌な予感がするなあ……」

僕の表情に何か感じ取ったのか、千代田《ちよだ》先生は苦笑いする。

さすが、この人はそういう空気感もあっさり感じ取ってしまうんだな……。

「すいません、お察しの通りです。ちょっとゴリ押しで、通したいことがあって」

「ゴリ押しかあ……。最後に急に、爆弾抱えちゃったなあ……」

「すいません、こんな最後まで」

「……ううん、いいよ。大丈夫」

諦めたように、千代田《ちよだ》先生はこちらに歩いてくる。

そして、手近な席に腰掛けると、

「話、聞くよ。ほら、座って」

と、僕にも手近な席を示してみせた。


──三十分ほど話した結果。

交渉は──僕の希望通りにまとまった。

もちろん、千代田《ちよだ》先生は渋ったのだ。

それもそのはず、僕のお願いはちょっと強引。教師としては首を縦に振りづらいものだ。

けれど──、

「……でも、それ。確かに、良《い》いアイデアだなあ……」

──先生は、困ったように笑う。

「断ったらみんな残念がるだろうし……応援したいなあ……」

そして──しばらく逡巡《しゅんじゅん》したあと。

千代田《ちよだ》先生は、腹をくくってくれた。

「……よし、うん！　わかった！　わかりました！　学年主任に相談してみる。きっと、了承してくれると思うけど……」

「……助かります、本当にありがとうございます」

ほう、と息を吐き出し、僕はようやく肩の力を抜いた。

「よかったです、ＯＫしてもらえて。これがダメだったら、本当に打つ手がなかったんで……」

「だよね……。大変だったね、こんなに急に会場が使えないなんて……」

「ほんとですよ……」

と、僕は短く考えてから、

「……千代田《ちよだ》先生が担任でよかった。来年も、先生のクラスだといいんだけどな……」

……それはちょっと、探りのセリフだった。

きっともう、来年のクラス分けや担任は、決まっているだろう。

当然それを千代田《ちよだ》先生は知っているだろうし、こんな風に鎌をかければ、何かヒントが見えるかもしれない。

来年度の話なんてちょっと気が早いけれど、どんな感じになるかはすごく気になるしな……。

……なのに、

「まだ、決まってないんだよね」

あっさりと、千代田《ちよだ》先生はそう言う。

「来年、まだどうなるか、全体的に決まってないんだ」

――そのセリフに、嘘《うそ》はなさそうで。

特に気負いもなく口にした、ただの事実に思えて、

「そ、そうなんですか？　そういうのって、割と早い段階で決まってるものなのかと思ってました けど……」

「うーん、割とギリギリのことも多いよ。担任とかは、四月になってからの発表ってことも少なくないし」

「そう、なんですか……」

「……それに、今回は」

と、千代田《ちよだ》先生は真面目な顔になり、

「――水瀬《みなせ》さんが、どうなるかわからないから」

ぼやかすことも隠すこともなく、はっきりと僕に言った。

「秋玻《あきは》ちゃん、春珂《はるか》ちゃんがどうなるかわからないから……まだ、決めることもできないの」

「……なるほど」

――今や、二人の入れ替わり時間は二十分を切っている。

これまでになくめまぐるしい入れ替わりに――僕ははっきりと、二重人格の終わりが近いことを肌で感じていた。

確かにそうなれば、クラスを決めることも難しいだろう。

二人がどうなるかわからない以上、来年以降、学校がどう彼女たちを扱えばいいのかは未知

数となる。

「本当に……いつそのときが来てもおかしくないから」

言葉を選ぶように、慎重に千代田《ちよだ》先生は言った。

「今日このあと、統合が始まってもおかしくない。何があっても、不思議はないという状況よ。だから……もし、矢野《やの》くんと一緒にいるときに変化が起きたら、遠慮せずに伝えてね。わたしにでも、水瀬《みなせ》さんのご両親でも、どちらでもいいから」

「はい……わかりました」

「それから、できれば……個人的にも後悔のないようにね。何が起きるかわからない以上、その……そういう覚悟は、必要になると思うから」

「……そうですよね」

——後悔。

きっと——このまま二人に何かあれば、僕は間違いなく後悔するだろう。

自分の気持ちを決めきることさえできないまま、すべてが終わってしまうことに、僕は深く後悔する。

——けれど、あと少し。

あと少しで、答えが出る。そんな気が、しているのだ。

たくさんの知人と話して、自分の中で気持ちはずいぶんはっきりした形を持ち始めた。

霧香《きりか》の言葉さえも、それに大きな役割を果たしてくれたと思う。
だから、もう少し。
もう少し、時間があれば……。
――そんなことを考えていると。
スマホが短く、何度か震える。この感じは、ラインのメッセージのようだ。
ディスプレイを確認すると――、

いつか『店入ったよー！　高架下のサイゼ』
いつか『(ドッグフードと犬のスタンプ)』
シュウジ『待ってるから、慌てずに来な』

そんな文面が、通知欄に浮かんでいる。
さらに、そこにぽこぽこと追加で吹き出しが浮かび、

柊時子『お仕事大変だね……。春珂《はるか》ちゃんがすごくハラハラしてるよ』
水瀬『矢野《やの》くん。。。。。。結果わかったらすぐ教えて。。。。。。』
細野『(全員が席に腰掛けている集合画像)』

——うん、そろそろ行かなくちゃな。

このメンバーを、これ以上待たせるわけにもいかない。

ただ……ふと思う。

千代田《ちよだ》先生の言っていた、後悔の話。

僕はそれを、意識することができる。最後のときを前提として、悔やむことがないよう考えながら秋玻《あきは》、春珂《はるか》に接することができる。

けれど——。

このメンバーは、どうなんだろう。

須藤《すどう》は、修司《しゅうじ》は、細野《ほその》は、柊《ひいらぎ》さんは。

そんなことさえ意識できないまま、何が何だか知らされないままその日に至る——。

「……先生」

——そして僕は。

そのとき思い付いたことを、千代田《ちよだ》先生に提案してみることにする。

「ちょっと、やりたいことがありまして。解散会のラストなんですけど……」

「うん、どうしたの」

首をかしげる千代田《ちよだ》先生に。

僕は——まずはこう切り出した。

「——公私混同、したいと思うんです」

第三十四章
Chapter.34
【団栗】

「──本当に、ここでやるの……？」

「──ね、不思議な感じ……」

「──よく許可取れたよね……」

──週末。解散会当日。

集合場所に集まったクラスメイトたちからは──そんな声が漏れ聞こえ始めていた。

困惑と高揚が入り交じった、不思議なテンション。

それを見ながら──僕は、自分の策が上手《うま》くはまりつつあるのを感じる。

うん……そうだよな。

この場所に、こんな時期にくることなんてなかなかない。

僕だって、ちょっと新鮮な気分でここにいるんだ。

この感じのまま会場に着けば──きっとみんな、驚いてくれるはず。

「……よし、そろそろ時間だね」

スマホで集合時間になったのを確認し、僕はみんなにそう言う。

遅れているメンバーも何人かいるようだけど、ほぼ全員集合済み。それに何より──会場は『あそこ』なんだ、道に迷うはずもないし、先にそちらに向かってしまおう。

「じゃあ、行こうか」

二年四組の面々にそう言うと──僕は、その建物の敷地《しきち》内に。

今日の会場のある施設に、全員を呼び込んだ。

——建物に入り、全員で室内履きに履き替える。

そして、階段を何度か上がり、廊下をしばらく歩いて——僕らは、今日の会場に到着した。

「……お、おおお～！」

誰からともなく、そんな声が上がった。

「すごい……！　ここ、文化祭のときのまんまじゃん！」

「ねえ、こっち、修学旅行の写真がいっぱい！」

「え、中すごい……！　喫茶店みたい！」

「ていうか、あれ……あそこにあるのＤＪブースじゃない？　共同ステージのときみたいな……」

——教室だった。

僕が解散会の会場に選んだのは、これまでの二年四組の歴史をちりばめた——かつての二年四組の教室そのものだった。

例えばその一部は、文化祭のときのように純喫茶仕様になっている。

幸いにも、備品室に当時の大道具がいくつか残されていて、それを拝借させてもらった。濃い色合いの木の板に、実際の純喫茶店からお借りした食品サンプルなど、できるだけ文化祭当時の様子を再現した。

さらに、その横には修学旅行ゾーン。

これに関しては、当時の街のものをこっちに持ってくるわけにもいかないので——写真を引き伸ばしプリントしてちりばめつつ、当日の写真から何人かの生徒を等身大でプリントアウト。キャラクターのパネルのような感じで立たせて、当時の雰囲気を感じ取れるようにしてある。

教室内は、パーティにふさわしい飾り付けをしたうえで、机を会食向けの並びに再配置。

飲み物、食べ物は——なんと、古暮《こぐれ》さんの実家である喫茶店が提供してくれることとなった。飲み物は自由に注文可能だし、フードはすでにテーブルにあるものの他にもいくつかオーダーすることが可能だ。

——さらに、今日は特別に。

会場BGMを、Ｏｍｏｃｈｉさんが ＤＪブースで担当してくれることになった。

事前に二年四組で流行《はや》った曲や、文化祭で秋玻《あきは》が歌った曲、その他様々な思い出の曲をミックスして、会話の邪魔にならない程度の音量で流してくれるらしい。

その他にも壁に貼られている、僕らの日常の写真たち。

何気ない教室での光景——。

体育大会でのワンカット——。

並んで帰る、夕方の通学路——。

——結局、この場所だと思ったのだ。

千代田《ちよだ》先生と野々村《ののむら》さんが、展望台で結婚式をしたように。

僕ら、二年四組のとっての思い出の場所として、教室以上の空間なんてあり得ない。

すでに、学校は春休みに入っている。

あと数日もすれば四月で、僕らは晴れて三年生になる。

つまり、もうこの教室は——半分、僕らのものではなくなってしまっていると言ってもいい。

そんなこの場所に、二年四組のメンツでもう一度来る。

ここで、この一年のことを思い出しながら楽しい時間を過ごす——それが、僕のアイデアだった。

——さほど奇抜な案ではないのかもしれない。

他にも、同じようなことを考える人は少なくないのかもしれない。

それでも、それを全力でやれば、きっとみんなの記憶に残る大切な解散会になるはず。

——そんな風に、思ったのだ。

そして——その考えは、上手《うま》くはまってくれたらしい。

「——おおー、すげえ！」

「──え、ＢＧＭつき⁉　しかもあの人、文化祭でやってた……すご……！」

「──なんか、ここで解散会って……ちょっとグッとくるな……」

教室に入ってきたクラスメイトからは、そんな声が漏れ聞こえ始める。

「──なんか、またここに来れたの不思議な感じだね……」

「──ね、なんかもう懐《なつ》かしいというか……」

「──これ、飲み物とか出るのかな？　ちょっとお腹《なか》も空いてるんだけど……」

「その辺は任せて！」

上がった疑問に、古暮《こぐれ》さんが答える。

「今回は、うちの店がフード提供させてもらいます！　ちゃんと店で作るのと同じだから、おいしいよ！　はいこれメニュー！」

言って、今日のために作ってきてくれたらしい、手書きのメニューを机に配り始める古暮《こぐれ》さん。受け取った生徒たちから、また喜びの声が上がった。

そして──全員が、それぞれ席についたところで。

今回の主催である春珂《はるか》から、全員に挨拶がある。

「……え、ええ～その……皆さん、本日はお日柄もよく……」

──ガチガチだった。

教壇に上り、みんなの方を向いた春珂《はるか》は──見てるこっちがハラハラするほどに緊張していた。

表情はこわばり額に汗が浮かび、舌も全然回っていない。

「ええ、二年四きゅみ……四組の、解散会ということで……が、頑張って、ずんびしましたのでね……たのすぃんでいただければ、幸いです……」

……これは、まずいかもしれん。

早めに助け船を出した方がいいかもしれない……。

席についていた僕が、意を決して立ち上がりかけたところで、

「──おいおい大丈夫かよー！」

「──挨拶俺代わろうかー⁉」

そんな声が、クラスの方々から上がった。

教室に起きる笑い声。固まりかけていた空気が緩む。

春珂《はるか》も、それでちょっと気が楽になった様子で、

「……本当に、とても幸せな一年でした」

小さく咳払《せきばら》いすると、さっきよりも落ち着いた声で続けた。

「だから、その一年の締めくくりを、みんなで楽しめたらと、思っています。わたしも、あん

まり話せなかった人とかいるし……今日は、そういう人とも交流ができたらって。だから、遠慮なく話しかけてくださいね」

言い切ると──春珂《はるか》は傍《かたわ》らに置いてあった、ジュースのコップを手に取る。

そして、微妙に緊張の戻ってきた顔で、

「……じゃあ、乾杯とか……しましょうか」

──その言葉に、クラス全員がコップを持った。

四十数人の視線が向けられる中。

春珂《はるか》は一瞬怖《お》じ気《け》づきそうな表情を見せ──けれど、なんとか踏みとどまると。

コップを掲げて、それまでになく大きな声で言った。

「それでは──かんぱーい！」

──全員から、「乾杯！」の声が上がる。

そして──僕らの。

二年四組の解散会が始まった──。

＊

──会は、予想以上の盛り上がりを見せていた。

春珂《はるか》が乾杯中、これまで話せなかった人との交流をうながしたこともあってか、今まで見たことのなかったような組み合わせでのやりとりがたくさん生まれている。

例えば――Omochiさんに話しかける、修司《しゅうじ》、須藤《すどう》。

古暮《こぐれ》さんは与野《よの》さん、氏家《うじいえ》さんと手芸について話しているし、僕もこれまでほとんど会話をしたことがなかった男子と、好みの本の話をしていた。

どうやら――僕が思っているよりもずっと、このクラスに物語好きは多かったらしい。

小説を読む生徒は何人もいるようだし、媒体をマンガにまで広げると、結構な人数になる。

お互いのお薦め作品について話しているだけで楽しくてしょうがなくて、時間が飛ぶように過ぎていった。

――ちなみに、

「――ジュース、おいしすぎる……！」

「――このコーヒー、完全に『ガチ』じゃん」

「――フードも、全部上手《うま》いぞ！　もう俺、全種類食べちゃったわ！」

古暮《こぐれ》さんの手配してくれた飲み物、食べ物もすこぶる好調だ。

千代田《ちよだ》先生に頼んで電源を貸してもらい、隣の教室で用意してもらっているおかげで、料理はできたてだしジュースも絞りたて。

お店のバイトさんも総動員で、四十数人分の食べ物飲み物を捌《さば》いてくれている。

古暮《こぐれ》さんのご両親が、赤字覚悟の金額でこの話を受けてくれたのだから、本当に頭が上がらない。

「――いいんだよ、娘が世話になったんだから」

「――これをきっかけに、生徒さんがお店に来てくれたりしたらうれしいしね」

うん……行こう。

僕も今後、コーヒーが飲みたくなったら古暮《こぐれ》さんちのお店に行こう。

心に固くそう誓ったし、クラスメイトにも改めてお店の宣伝をしようと決めた。

そして、そんな風にしばらく会が進行したところで――、

「……お邪魔しまーす」

「……うわすげえ、本当にパーティ会場になってる！」

教室の入り口に――ぞろぞろと人が集まり始めた。

僕らと同い年、同じ宮前《みやまえ》高校に通う生徒たちだ。

その中には、柊《ひいらぎ》さんや細野《ほその》の姿もあって、

「ああ、ようこそ！」

僕は彼らを――他のクラスの招待客を、出迎えに行く。

「結構もうみんなできあがり始めてるけど……楽しんでってよ。席は今から追加するから

――」

──ゲストを呼べればいいのに。

そんな意見が出たのは、いちクラスメイトからだった。

どうやら彼女、隣のクラスに親友がいたらしい。

その親友は休み時間の度に二年四組に入り浸っていて、彼女の周囲ではもはやその親友は、このクラスの準メンバー、みたいな感覚だったそうだ。

それは、良《い》いアイデアだと思った。

基本の軸は、二年四組というくくりにしたい。

少なくとも最初しばらくのうちは、そのメンバーだけで楽しみたい。

けれど──せっかく用意した場を、それだけに留《とど》めておく必要もないだろう。

僕も、細野《ほその》や柊《ひいらぎ》さんを解散会に呼んで、一緒に楽しみたかった──。

ということで、検討の結果。

僕と秋玻《あきは》／春珂《はるか》は、クラスメイトたちにこのように説明した。

「──途中から、ゲスト参加アリにしようと思います」

「──他のクラスの友達を、呼んでもらって構いません」

「──人数を把握したいので、招待する人が決まったら、僕か秋玻《あきは》、春珂《はるか》に連絡してください」

結果、今日はクラス外から十数人のゲストが参加することになった。

——そして現在。

新しい参加者を迎えて——会は一層の盛り上がりを見せていた。

この段階で、もう解散会は成功と言ってもいいような気がして。

参加者にとって特別な会になるのは間違いないと思えて、僕と春珂《はるか》はアイコンタクトでうなずき合った。

——けれど、もう少し。

もう少し、用意しているものがある——。

僕は会の盛り上がりが最高潮になったのを感じ取ると——席を立ち。

最後の締めくくりの準備を始める——。

＊

——解散会が始まって、三時間程が経《た》っていた。

熱狂的な盛り上がりはようやく落ち着いて、それでも各参加者が、今も楽しげに会話を交わしている。

——そろそろだろう。

千代田《ちよだ》先生に、教室を使っていいと言われているのは五時間ほど。

準備で食った時間や後片付けを考えれば、この辺りで切り上げなければならない。

だから僕は、準備のできた教壇の上から、参加者に呼びかける。

「――盛り上がってるとこすいません、そろそろこの解散会も、おしまいの時間が近づいてきました！」

教室から、不満そうな声が上がる。

――え、もう⁉

――まだまだ話し足りないんだけど！

――むしろこれからだろこれから！

そんな反応をうれしく思いつつ――けれど僕は、もう一度声を上げる。

「ごめん！　もうこれ以上ここ使うと、千代田《ちよだ》先生が学年主任に怒られるんだよ！　最悪、来年はどこのクラスも担任できなくなるかもしれない！　だから、申し訳ないけどここまで！」

千代田《ちよだ》先生の名前を出したのが効いたのか。

参加者の間から上がる小さな笑い声と、「ならまあ仕方ないか……」という雰囲気。

だから――僕はここでたたみかける。

「――それで、一部の人には話したけど……ちょっとみんなに、見せたいものがあります！

……皆お願い！」

その言葉を合図にして——窓際《まどぎわ》に控えていた修司《しゅうじ》、須藤《すどう》、古暮《こぐれ》さんたちが、教室のカーテンを閉める。

そして、教室後方にスクリーンを広げてくれる、細野《ほその》、柊《ひいらぎ》さん。

Ｏｍｏｃｈｉさんがプロジェクターをセッティングし、スクリーンにＰＣの待機画面が表示される。

——教室から、ざわめきが上がった。

「——え、なになに⁉」

「——サプライズか？」

「——何？　なんか映画とか見るの……？」

そんな反応に手応えを感じつつ——、

「じゃあ……始めます」

僕は皆に、そう呼びかける。

「あとでファイルは配るけど、みんなで見られるのはこの一回だけだからね。しっかり見てくれるとうれしいよ。……行きます」

——そして僕は、大きく息を吸い込むと。

手元のＰＣのエンターキーを押した。

——スクリーンで、映像が流れ出す。

背景では、Ｏｍｏｃｈｉさんの作ったＢＧＭが心地好《ここちよ》く響いている。

最初に表示されるのは——なんと、この二年四組が始まった日。

始業式の日の動画だ。

画面に大映しになっているのは、須藤《すどう》。

彼女はざわつく教室を背景に、スマホを持って撮影しているカメラ役——おそらく修司《しゅうじ》に話し始める。

『——いえーい！　ということで、ついに高校二年生になりました！　始まったね、人生のゴールデンタイム！　これが、今日からわたしのクラスになる二年四組です！』

言って——画面の中の須藤《すどう》が、教室内を手で指し示す。

まだまだぎこちない雰囲気の、二年四組——。

画面の中では古暮《こぐれ》さんがすでに数人の友達に囲まれ、秋玻《あきは》が机で静かに荷物の整理をし——

僕は本を読みながら、ときどき秋玻《あきは》の方に視線をやっている。

「うお、懐《なつ》かしい……」

「わたしこのとき、この髪型だったんだ……！」

参加者の中からも、どよめきが上がる。

そして——ついで流れ出す、一学期頃の画像たち。

まだこの頃から一年も経《た》たないのに、もうずいぶんと昔のことのように思えた。

最初はぎこちなかったクラスメイトたちの表情が、時間が経《た》つにつれ屈託のないものになっていく――。

次に――ゴールデンウイークを越え、梅雨に入ってみんなの格好が夏服に替わる。

この頃、僕は秋玻《あきは》と付き合い始めたんだよな。

古暮《こぐれ》さんは修司《しゅうじ》に振られ、修司《しゅうじ》は須藤《すどう》に振られ……本当に、色々あった時期だ。

それはきっと、クラスメイトたちもそれぞれ同じなんだろう。

何の変哲もない日常の写真を、みんな感慨深げに見守っている。

次に来るのは、夏休みの写真。

正確に言えば二年四組の活動ではないのだけど、海に行っている写真や海外旅行に行っている写真や田舎で過ごしている写真をみんなに提供してもらって、それも織り込んでみた。

眺めていると、それぞれと一緒に夏休みを過ごすことができたような、どこか懐《なつ》かしい気分になる。

そして――二学期が始まる。

最初のビッグイベントは、文化祭だ。

準備期間から動画、画像ともに豊富にあったので、ここの動画作成は楽しかった。

さらには――、

「――あ、共同ステージ！」

——霧香《きりか》がくれた、共同ステージの映像。

僕と秋玻《あきは》／春珂《はるか》が準備を担当した、舞台の動画が流れ出す。

これはなんと、何台かのカメラを駆使して撮影されており、音声もクリア。

プロのミュージシャンのライブ映像みたいなクオリティで、春珂《はるか》たちの人形劇や秋玻《あきは》の歌が教室に流れる。

いつの間にか春珂《はるか》から入れ替わっていた秋玻《あきは》は、自分の歌声に激しく赤面。

両手で顔を覆い、恥ずかしそうにうつむいている。

けれど——、

「——いやこれめっちゃ良《い》い曲じゃん！」

「——恥ずかしがることないよ、歌も上手《うま》いじゃん！」

「——これ、どこかでちゃんと聴けないの⁉　わたし、スマホに入れたい！」

なんて声が彼女にかかった。

そして、それにすかさずＯｍｏｃｈｉさんが、

「音源ネットに上がってますよー！　サウンドクラウドにもＹｏｕＴｕｂｅにもありますし、今全体で五十万再生くらいです！　是非聴いてみてねー」

なんて宣伝を入れた。これを機に、クラスの皆にも是非彼女の歌を聴いてもらいたいと、僕も心から思う。

さらに──画面の中で時間が流れる。

次に来るイベントは、修学旅行だ。

はしゃぐクラスメイトたち。賑《にぎ》やかで楽しい、高校生活の一大イベント。

けれど──そんな中。

あきらかに、優れない顔色の生徒がいる。

傍目《はため》に見ても、あからさまに心あらず。頭が上手《うま》く働いていない様子の、その生徒は──、

「……おおう……」

──僕だった。

秋玻《あきは》に振られたショックで、ぼんやりしている時期の僕だった。

……僕、こんな顔して毎日過ごしていたんだな。そりゃみんなに心配かけるわ……。

しかもこんな感じで修学旅行ほとんどを終わらせてしまうなんて……ほんと、なんてもったいないことをしてしまったんだ。

いや、この動画を作っている段階で自分の様子は見ていたんだけど。

自分が酷《ひど》い有様《ありさま》だったのは自覚していたけど……こうして、画面を見ながら盛り上がっているクラスメイトを見ると。

彼らがいかにこの旅行を楽しんだのかを実感すると、より自分がやらかしたことを実感して悔しくなってしまう。

――そして。

クリスマスや年末のプライベートな画像を挟んで、職場体験の時期になる。

誰かの父親の職場だとか、西荻《にしおぎ》駅の駅員室だとか、動物園の裏側だとか。

そんな場所で仕事を経験している、クラスメイトたち。

その中には、僕らが野々村《ののむら》さんたちと一緒に撮った写真もあって、

「――あれ、今のが例の、千代田《ちよだ》先生の旦那さんじゃない⁉」

誰かが――そんな声を上げた。

「――え、マジ⁉」

「――マジマジ！　まあまあ……イケメンだった気がする」

「――ちょ、戻して戻して！　わたし見れなかった」

「ま、まあまあ落ち着いて！」

ざわつく教室に、慌てて制止をかけた。

「解散会終わったら、ちゃんとみんなにも動画送るから！　それまで待っててよ！」

「わ、わかった、帰ったら速攻見る！」

意外なところで盛り上がりを見せたことに苦笑しつつ、僕は視線を画面に戻した。

――時間はさらに進み。景色に、春の色が覗《のぞ》き始める。

クラスメイトの服装が徐々に軽装になり、街に彩《いろど》りが戻っていく。

この映像、最後のイベントとして映し出されたのは——先日の、終業式の日の映像、画像だ。

ほんの少し前のことなのに、もうずいぶん昔のことにも思える景色。

クラスメイトたちも、同じ気分なんだろう。

何人かは懐《なつ》かしそうに目を眇《すが》め、何人か目にじっと涙を浮かべてその光景を見守っている。

そして——最後にクラスで撮った集合写真を経て。

Ｏｍｏｃｈｉさんの BＧＭが止まり——画像が暗転する。

——ここまでだ。

今のところ用意されている映像は、ここまで。

それを感じ取ったんだろう、教室から大きな拍手が上がる。

「——よかったよー！」

「——矢野《やの》ありがとう！」

なんて声が上がり——見れば、目に涙を浮かべている生徒、ハンカチで目元を拭っている生徒もいる。

けれど——これで完成じゃない。

映像は、もうあと少しだけ映像と画像を加えて、完成になる——。

「——見てくれて、ありがとう！」

教壇の上から、僕はみんなにそう言った。

「頑張って作ったから、楽しんでもらえてうれしいよ。それから……」

と、前置きして。

僕は、教室の中をぐるりと見回すと、

「この映像には、さらに追加する素材があります。今日みんなが撮った、写真や動画です！」

言うと、みんなから小さく驚きの声が上がった。

「多分、二年四組が集まるのは、今日が最後だからね。それはやっぱり、収めておきたくて……。完成したら、みんなに送るから、楽しみにしておいてください。あと、意見や要望があったら、僕にまで連絡もらえればと思います」

そして――僕はみんなに頭を下げると、

「――見てくれてありがとう！　今回の会の、エンディングムービーでした！」

教壇を降りる僕。

そんな僕に――クラスメイトたちから、大きな拍手が浴びせられた。

――さて、映像は成功だ。

あとは、最後に――一つ、挨拶をして解散会は終わりとなる。

＊

「──よし、あとは挨拶だけだな」

「……そうだね」

お手伝いのクラスメイトたちに、プロジェクターの片付けなどをしてもらっている間。

僕と秋玻《あきは》は、一旦廊下に出て最後の挨拶のタイミングを待っていた。

「順調にここまで来れてよかったよ、皆楽しんでくれたみたいだし」

「うん、わたしもほっとした……」

「最後、ちょっと大変だろうけど……まあ、落ち着いて話そう」

「……わかった。頑張る」

教室からは、皆の浮ついたざわめきが聞こえて、それとは対照的に廊下はしんとしていて。

なんだか、高揚と冷静さが同居した不思議な気分になっていた。

そして、

「……秋玻《あきは》？」

僕は、ふと気が付く。

隣の秋玻《あきは》の表情。そこにわずかに、動揺と不安が覗《のぞ》いていることに。

視線を床に落とし唇を小さく噛《か》み、ぎゅっと手を握る彼女が──珍しいほど緊張していることに。

「大丈夫？　挨拶……できそうか？」

「……あ、ああ」

秋玻《あきは》はこちらを見ると、気丈に笑みを作ってみせる。

「大丈夫……だと思う。そうね、けど……」

と、彼女はもう一度視線を落とし、

「やっぱり……いいのかなって、心配で。みんなの会なのに、『あんな話』していいのかなって……」

「……そっか」

……その不安も、当然のことなのかもしれない。

千代田《ちよだ》先生にも話した通り、これからするのは『公私混同』だ。

特に、話をする秋玻《あきは》本人にしてみれば、動揺も緊張もするだろう。

だから、

「僕は——今日この場だからこそ、必要な話だと思ってる」

僕ははっきりと——彼女にそう言う。

「秋玻《あきは》も春珂《はるか》も、この二年四組を大事に思ってくれた。みんなもそれは、きっと同じだよ。もちろん、それぞれ気持ちのあり方とか強さはバラバラだろうけど……少なくとも、全員がこうして集まってくれたんだ。この場所を、二年四組っていう集まりを、大切には思ってくれているんだと思う」

「……うん、そうね」

「秋玻《あきは》と春珂《はるか》はそんな、二年四組のクラスの一人だ。その本当に大切な話を知らされないまま
なんて、そのまま終わりだなんて……やっぱり寂しいよ」

言って、僕は秋玻《あきは》の手をぎゅっと握る。

ちょっと驚いたように、彼女は僕を見た。

「だから……僕もその一員として、話してほしいと思うんだ。二人のことを、もっとみんなに
知ってもらいたい。それを、隠したままにしてほしくないんだ」

「……そう」

そこでようやく──秋玻《あきは》の顔に、小さく笑みが灯《とも》った。

「そっか……うん、うん。ありがとう」

何度かうなずいて、彼女は教室の方を見る。

そして、

「……うん。話すよ。話したいと、思った」

「……ありがとう」

──そんなタイミングで、教室扉が開き須藤《すどう》が顔を出す。

「準備できたよ！　挨拶いける？」

「おう、大丈夫」

「いけます……！」

「よーし、じゃあお願いします！」

そう言う須藤《すどう》に続いて、僕と秋玻《あきは》はうなずき合い、教室に戻った――。

＊

「――ということで、えっと……これにて解散会は終了です」

教壇の上。

そこに上った秋玻《あきは》が――そんな風に話を始める。

解散会実行委員代表としての、閉会の挨拶。

これが終われば本当に、二年四組は解散だ――。

「今日はみんな、春珂《はるか》の思い付きに付き合ってくれてありがとう。わたし自身、とても楽しかったし忘れられない経験になりました。みんなも楽しんでくれたなら、これからも、ときどき今日のことを思い出してくれたなら、うれしいです……」

ちょっと切なげな秋玻《あきは》に――クラスメイトたちから声が上がる、

「――こっちこそありがとう！」

「――お疲れー、すごく楽しかったよ！」

その言葉に、壇上の秋玻《あきは》は小さく笑う。

そして——、

「——どうなっていくんだろうね」

——まるでひとりごとみたいに、秋玻《あきは》はそうこぼした。

「来年からは、みんな三年生……。本格的に進路が決まってくるし、就職する人もいるだろうし……これまでとは違って、本当にみんなバラバラになる。それぞれの人生が、スタートする……」

教室を見回している秋玻《あきは》。

その視線は、昔からの友人を見るように親しげで。

以前のような緊張感や張り詰めた空気はなくて——彼女がこんな表情をできるようになったことを。それをクラスメイトに向けるようになったことを、僕はうれしく思う。

「いつかわたしたちが大人になったら、この一年はどんな一年だったって思うんだろうね。いい年だったって思うのか、そうでもなかったって思うのか……。……わからないなあ、わからないけど……今日という日が、その印象をちょっとでもいいものにできていたら、うれしいなと思います。本当に、ありがとう」

教室から、拍手が上がった。

見回すと——満足げな笑みを浮かべている男子、ちょっと泣き出しそうな顔の女子、真面目な顔で秋玻《あきは》を見ている男子――それぞれ、正面から秋玻《あきは》の挨拶を受け止めてくれたようだ。

――本来だったら。

当初の計画だったら――ここで秋玻《あきは》の挨拶は終わりだった。

けれど――、

「――あのね」

秋玻《あきは》の話は、もう少しだけ続く。

「ごめん、ここからは、わたしの……わたしと春珂《はるか》の、個人的な話になるんだけど……どうしても、みんなには聴いてほしいから。話しておきたかったから、時間を下さい」

教室が、ちょっとざわめいた。

何の話だろうと、クラスメイトたちは一層の注目を秋玻《あきは》に向ける。

「わたしたちが――秋玻《あきは》と春珂《はるか》が二重人格なことは、みんなももう知ってくれていると思います」

そんな彼らに――秋玻《あきは》はそう切り出した。

「毎日、何回も入れ替わってきたし……千代田《ちよだ》先生から、ちょっと説明もあったよね？　最初は、信じられなかったかもしれないけど、今はみんなそれを、とっても自然に受け入れてくれているなって感じます。……ああ、そろそろ入れ替わりだ」

――身体《からだ》の中の異変に気付いた様子で、秋玻《あきは》は言う。

けれど、彼女はもう一度前を向き直すと——、

「でも……これだけは言っておこうかな」

——そう前置きして、秋玻《あきは》は一度言葉を切り。

クラスメイトたちに向かって——はっきりこう言った。


「そろそろ——そんなわたしたちの二重人格が、終わります」

「お医者さんによると、あと一週間以内くらい。つまり——三年生になる前に、です」


——大きなどよめきが上がった。

不穏な気配を感じたのか、警戒しているような声。

ただただ困惑しているような、不安げな声。

そして、話について行けないようなぽかんとした声。

でも——それも当然だ。

二重人格が近いうちに終わることは、しかもそれがこんなにもすぐの話であることは——ほとんど誰にも明かしていなかったのだから。

困惑が教室に広がる中、

「……じゃあ、続きは春珂《はるか》に……」

そう言って──秋玻《あきは》はくるりと振り返る。

そして、数秒後。

春珂《はるか》が表に出て、こちらに向き直った。

彼女は教室をざっと見回し、動揺するクラスメイトたちの姿を確認すると──、

「──矢野《やの》くん、秋玻《あきは》はどこまで話した感じ？」

「……三年生になる前に、二重人格が終わるって話まで」

「そっか……うん、ありがとう」

うなずくと──春珂《はるか》はもう一度教室を向く。

小さく咳払《せきばら》いして、彼女は口を開き──、

「──うん、というわけで。秋玻《あきは》の言った通り、二重人格は終わります。三年生になって、みんなにもう一度会うときには、もうそのあとのわたしです、それで──そのとき、わたしたちがどうなってるか、なんだけど。二重人格が終わったとき、秋玻《あきは》と春珂《はるか》がどうなるか、なんだけど……」

言うと──春珂《はるか》は困ったように笑う。

そして、テストに難しい問題が出たのを愚痴るような口調で、

「……わかんないんだって」

ため息交じりに、そう続けた。

「お医者さんが見ても、これこれこういう風になりますよって言えない……。考えられるパターンが多すぎるし、うかつに何かを言うことで、わたしたちに悪影響が出ることも考えられる。だから今は——わからないとしか言えないって」

——春珂《はるか》のセリフに。

雑談みたいな彼女の言葉に——はっきりと、教室の空気が変わる。

それもそうだろう。

だって、そのことが意味するのは——。

彼女の言葉が指し示しているのは——、

「だから——今日が最後かも」

——春珂《はるか》が、はっきりとそう言う。

「もしかしたら、わたしも秋玻《あきは》も、みんなに会えるの、今日が最後かも。それを、ちゃんと伝えておきたかったんだ——」

──クラスのみんなに話さないか？

──二重人格が終わること、そのあとどうなるかわからないこと、みんなに説明しないか？

先日の、千代田《ちよだ》先生との話を終えて。

僕は、秋玻《あきは》と春珂《はるか》にそう提案した。

その事実を知っているのは、クラスで僕だけだった。

須藤《すどう》や修司《しゅうじ》、細野《ほその》や柊《ひいらぎ》さんにさえ、そのことは知らせていない──。

──そのまま、終わってしまっていいのか。

大切な友人や、一緒の時間を過ごしたクラスメイトたちに、何も伝えずにそのときを迎えてしまって、秋玻《あきは》と春珂《はるか》はいいのだろうか。

そんなことを、思ったのだ。

最初は、二人とも不安そうだった。

そんなことを伝えられても困らないか。

どんな風に反応すればいいかわからないだろうし、悲しませるだけなんじゃないか。

それに、解散会なんて場を使わせてもらうようなことじゃないんじゃないか──。

だから、僕は答えた。

「──知らないまま、二人が変わっちゃう方がよっぽど悲しいと思うよ」

「──それに、面と向かって、きっとみんな話してほしいと思う。それができるのは、もう、

解散会だけだ」

その言葉に、秋玻《あきは》と春珂《はるか》はずいぶんと迷ってから——うなずいてくれた。

終わりのことを、みんなに伝えようと。

これまでの感謝を込めて、すべてを明かそうと。

「だから今日……みんなと過ごせて、とってもうれしかった」

そう言って——教室を見回す春珂《はるか》の目には、うっすらと涙が浮かんでいた。

僕の周囲からも、小さくすすり泣きの声が上がる。

見回すと——クラスメイトたちはそれぞれ真剣な顔、苦しげな顔、切なげな顔、泣き顔でじっと春珂《はるか》を見ている——。

けれど——春珂《はるか》は一度目元を拭うと。

「……ありがとう！　この一年間、わたしたちといてくれて！」

その顔に、笑みを浮かべて彼らに言う——、

「今日、わたしたちと過ごしてくれて、ありがとう！　とても楽しかったです……。もしも叶《かな》うなら、また会おうね！」

＊

「──話してくれてありがとう！　俺、うれしかった！」

「──もっと前から、二人と仲良くしておけばよかった……」

「──絶対また会おう……」

「──なんか、わたしにできることあれば言ってね……！」

挨拶を終え、教室を出る前。

春珂《はるか》の周囲には、たくさんのクラスメイトたちが集まっていた。

その場のテンションもあるのだろうけれど、彼らの表情は皆それぞれ真剣で──秋玻《あきは》と春珂《はるか》が、これまでこのクラスで重ねてきた時間の意味を、これまでとは違う形で僕は思い知る。

そして──それにありがたそうな、どこか切なげな顔をしている春珂《はるか》。

──そんな彼女を眺めながら。

これまでとはちょっと違う表情を遠巻きに見つめながら──僕ははっきりと感じていた。

──自分の中で、気持ちがはっきりしていくのを。

──胸のうちにある強い感情が、どこを向いているのかを。

きっと──答えはもうすぐ出る。

秋玻《あきは》と春珂《はるか》、どちらに恋をしているのか、あきらかになる日が来る。

確信に近い気持ちで、僕はそう思いながら、二年四組の教室を出た──。

そして——僕らの三角関係の。
最後の十日間が始まる——。

エピローグ
Epilogue

【I'll See You In My Dreams】

Bizarre Love Triangle

三角の距離は限りないゼロ

——解散会のあった日。

その晩、布団《ふとん》の中で。

僕は——夢を見ていた。


恋をしている夢。

僕が好きな、君と一緒にいる夢——。

そこにいる君に、僕ははっきりと、恋をしている——。


——夢特有の、無重力な感覚の中。

ぼんやりとした頭で、けれど僕は、どこか冷静に考える。

ああ、これは……寝る前に、あの本を読んだせいだ。

舞城王太郎の『好き好き大好き超愛してる。』。

秋玻《あきは》、春珂《はるか》の終わりが近づいて——だから、僕は思った。

久しぶりに、あの小説を読もうと。恋人の終わりとひたすら真摯に向き合い続ける、あの物語を読み直そうと。

そして、その中に——こんな話があったはず。

夢の中の少女と、恋をする話——。

だから今――僕の隣には『君』がいる。

肩を寄せ合って、何も言わずに笑い合う。
その体温を感じるだけで、気持ちが華やいでいく。
君は、僕を受け入れてくれている。
はっきりと感じるその気配に――甘い喜びが頭をしびれさせる。

きっと――大切にできると思う。
僕は君のためだったら、どんな苦労をしても構わない。
君が笑ってくれるなら、喜んでズルをするし。
君に必要なら、どれだけ傷ついてもいいと思う。

こぼれそうなほどの、懐《なつ》かしさを感じる。
瑞々《みずみず》しく弾《はじ》ける、気持ちの高鳴りを覚える。
初めて出会ったときのような。
なのに、ずっと前から知っていたような――不思議な居心地の良さ。

そして、なぜだろう。
君がほほえむと、どうしようもなく胸が苦しくなった。
こんなに近くにいるのに、手が届かない。
どれだけもがいたって、触れることができない。
だから、僕はもう一度思う。
これは——恋だ。
僕は君に。
夢の中で出会った君に——恋をしている。
どこにいたって、頭の中に君が住み着いている。
学校の帰り道、曲がり角の向こうから君が笑顔で出てきそうな気がした。
電車から見える街の灯《ひ》の下、君が愛おしい毎日を過ごしている気がした。

それだけで、いいと思った。
それだけで、君は僕にとってかけがえのないものだし。
すべてを投げ出すに足る存在なんだ――。
けれど――、

――誰？

その甘やかさに――不協和音が紛れ込む。
凪《な》いだ水に生まれた、小さな波紋。
けれどそれは、乱反射して徐々に大きくなって、視界を覆い尽くしていく。

――それは、誰に対する気持ちだ？
――誰のことを考えている？
――誰と触れていたい？
――誰に必要とされたい？

波紋は幾重にも重なっていく。

徐々に水面は揺らいでいく。

そして――一瞬の間ののちに、ふいに静けさが訪れて。

僕は、はっきりと疑問に思ってしまう。

君は――一体誰なんだ?

＊

――スマホの控えめな目覚まし音が、耳に慎《つつ》ましく侵入してくる。

ピアノのアルペジオと、グロッケンの長音。

「……ん、んん」

どこか名残惜しさを感じながら、布団《ふとん》から手を伸ばしアラームを止めた。

「夢、か……」

そうつぶやく間にも。

さっきまで見ていた夢の余韻は、煙草《たばこ》の煙みたいに溶けて消えていった。
視線をやると――カーテンの隙間からは、三月末の淡い光が漏れ出している。
大きく息を吸い込むと、緩やかに思考がクリアになっていく。
身体《からだ》中に、新鮮な血液がめぐり始めるのを感じる。
そして――はっきりし始めた頭で、僕は気付いた。
――気付いてしまった。
「……なんで、だ？」
わけのわからなさに、小さく混乱を覚えた。
とまどいが、汚泥《おでい》のように胸の中に広がっていく。
けれど――間違いない。
自分が、ほんの少し前まで見ていた夢。
その中で、恋していた女の子。
その子は、どう考えたって――。
――秋玻《あきは》でも、春珂《はるか》でもなかったのだ。

三角の距離は限りないゼロ

Bizarre Love Triangle

三角の距離は限りないゼロ6 あとがき

作者が作品の内側を解説するのって、ちょっと無粋な気がしてこれまで避けていました。

けど、今回だけはお話させてもらいたい。

この巻での秋玻／春珂の動きは、僕にとって意外なものでした。

クラス会を題材にすることは前から決まっていたのだけど、いざ書いてみると秋玻と春珂のクラスメイト達に対する気持ちが、思ったよりも強い。作者の僕の予想よりもずっと、彼女達は皆の記憶に残りたいと強く願っている。

これはなぜなのだろうとずっと考えていました。

二人にとってクラスメイトって、なんなんだろうって。

そして、原稿作業を続けていたある日、ふと思い出したのです。僕自身が読者である皆さんに、Twitterや色々な場所で「秋玻、春珂、矢野のことは、クラスメイトみたいに感じてもらえるとうれしい」なんて話していたことに。執筆の時にも、内心どこかでクラスメイト達を、読者の皆さんと置き換えていたことに。

つまり、この巻で秋玻と春珂が願っていることは、他ならぬこれを読んでくれている人たちへの願いなのでしょう。

未読の方は、そんなことを頭にぼんやり入れながら読んでもらえると、既に読んだ方はその前提で今作を思いだしてもらえるとうれしいです。

さて、今回も「三角の距離は限りないゼロ」に関わってくださった皆様、ありがとうございます。おかげで良い巻に出来たと思う。

また次巻でお会いしましょう。ついにシリーズラストスパートです。

それでは。

岬　鷺宮

◉岬 鷺宮著作リスト

「失恋探偵ももせ1～3」（電撃文庫）
「大正空想魔術夜話 墜落乙女ジェノサキド」（同）
「魔導書作家になろう！1～3」（同）
「読者《ぼく》と主人公《かのじょ》と二人のこれから」（同）
「陰キャになりたい陽乃森さん Step1～2」（同）
「三角の距離は限りないゼロ1～6」（同）
「日和ちゃんのお願いは絶対1～2」（同）
「空の青さを知る人よ Alternative Melodies」（同）
「失恋探偵の調査ノート～放課後の探偵と迷える見習い助手～」（メディアワークス文庫）
「放送中です！にしおぎ街角ラジオ」（同）
「踊り場姫コンチェルト」（同）
「僕らが明日に踏み出す方法」（同）

本書に対するご意見、ご感想をお寄せください。

ファンレターあて先
〒 102-8177　東京都千代田区富士見 2-13-3
電撃文庫編集部
「岬　鷺宮先生」係
「Hiten先生」係

本書は書き下ろしです。

電撃文庫

三角《さんかく》の距離《きょり》は限《かぎ》りないゼロ6

岬《みさき》 鷺宮《さぎのみや》

2020年11月10日　初版発行

発行者　青柳昌行
発行　株式会社KADOKAWA
〒102-8177　東京都千代田区富士見2-13-3
0570-002-301（ナビダイヤル）
装丁者　荻窪裕司（META＋MANIERA）
印刷　株式会社暁印刷
製本　株式会社暁印刷

●お問い合わせ
https://www.kadokawa.co.jp/（「お問い合わせ」へお進みください）
※内容によっては、お答えできない場合があります。
※サポートは日本国内のみとさせていただきます。
※ Japanese text only

※定価はカバーに表示してあります。

ISBN978-4-04-913306-6　C0193　Printed in Japan

電撃文庫　https://dengekibunko.jp/

電撃文庫創刊に際して

文庫は、我が国にとどまらず、世界の書籍の流れのなかで〝小さな巨人〟としての地位を築いてきた。古今東西の名著を、廉価で手に入りやすい形で提供してきたからこそ、人は文庫を自分の師として、また青春の想い出として、語りついできたのである。

その源を、文化的にはドイツのレクラム文庫に求めるにせよ、規模の上でイギリスのペンギンブックスに求めるにせよ、いま文庫は知識人の層の多様化に従って、ますますその意義を大きくしていると言ってよい。

文庫出版の意味するものは、激動の現代のみならず将来にわたって、大きくなることはあっても、小さくなることはないだろう。

「電撃文庫」は、そのように多様化した対象に応え、歴史に耐えうる作品を収録するのはもちろん、新しい世紀を迎えるにあたって、既成の枠をこえる新鮮で強烈なアイ・オープナーたりたい。

その特異さ故に、この存在は、かつて文庫がはじめて出版世界に登場したときと、同じ戸惑いを読書人に与えるかもしれない。

しかし、〈Changing Times,Changing Publishing〉時代は変わって、出版も変わる。時を重ねるなかで、精神の糧として、心の一隅を占めるものとして、次なる文化の担い手の若者たちに確かな評価を得られると信じて、ここに「電撃文庫」を出版する。

1993年6月10日
角川歴彦